ファウスト（上）

J. W. von Goethe
ゲーテ
柴田 翔 訳

講談社 文芸文庫

目次

下巻目次

悲劇第II部

ファウスト（上）

ファウスト第Ⅰ部

献げる言葉

また近づいてくるのか　おぼろに揺れる影たちよ
かつて　いまだ見るすべを知らなかった眼差《まなざ》しの前に現われたお前たちよ。
今度こそお前たちをとらえようと　私はするのだろうか？
私の胸はかつての幻想になお心ひかれるのだろうか？
お前たちは近づき迫ってくる！　さらばよし　お前たちに身をまかせよう
靄《もや》と霧から立ち現われる影たちよ
お前たちを包む魅惑の大気にうち震えて
私の心はにわかに若やぐのだ。

お前たちとともに楽しかった日々の様ざまな情景が帰ってくる
懐しいあの人この人の面影が浮び
半ば忘れられていた古い伝説のように
はじめての恋や友情が立ち戻ってくる

苦しみは新しい血を流し　嘆きの声が胸を突き上げて
生の迷路を狂おしく駆けめぐり
私を残して早く逝《い》ったあの善良な人々の名を呼ばわる
ひと時の幸福にあざむかれて生の美しい季節を失ったあの人々の名を。

彼らが今また続けられるこの歌を聞くことはない
私の最初の歌を聞いてくれたあの彼ら
吹き散ったあの友情篤《あつ》かった聴き手たち
響き消えた　ああ　あの時の応《いら》えの声。
今　私の苦しみは見知らぬ人々の耳に響き
彼らの讃辞さえもが私の胸を不安にする。
そして　私の歌に喜んで耳を傾けてくれた人たちは
たとえなお世にあろうとも　散りぢりに広い地上を迷い歩いている。

そして私を　とうに忘れていた憧れが摑《つか》み
静かで厳粛な霊たちの国へと引きつける。
おぼつかぬ声をふるわせながら

私の囁《ささや》く歌は風琴《ふうきん》の響きのように空中に漂い
戦《おのの》きが私をとらえ 涙は止《と》めどなく
頑《かたく》なな心も溶けて和《やわ》らぎ
今あるものは遥かに退《しりぞ》き
そして 一度は消え去ったものがありありと眼に映り始める。

舞台での前狂言

座長。座附の詩人。道化。

座長　君たちふたりは　困った時も苦しい時も
いつもわしを助けてくれたが
さあ　言ってくれたまえ　このドイツの各地での
今度の興行に希望がかけられるものか　どうか。
わしの願うのはお客様方を楽しませること
それというのも客って奴は　楽しませてやればお返しもたっぷりくれる。
小屋が掛けられ舞台も張られた
となれば　誰しも望むはお祭りだ。
みな眼をば見開いて坐り込み
腰を落ちつけ歓声を挙げたくてうずうずしている。
奴らをくすぐることなら　わしとて心得ている

が　今度ばかりは困り果てた。
極上品に慣れている連中ではないが
読む量ばかりは恐ろしいほどだ。
どうしたものかね　すべてが目新しく
内容があって　しかも受けるようにするには？
何といってもお客の詰めかけるのを見るのは楽しいこと
なだれを打ってわしらの小屋に押しよせ
声も荒々しく唸《うな》り叫びながら
狭い恵みの門に殺到する。
まだ日も高いうち　四時も打たぬに
切符売場で押し合いへし合い
飢饉《ききん》の時のパン屋の店先もこんなものかと
パンならぬ切符一枚を奪い合って首も折らんばかり
というような奇蹟《きせき》を色とりどりのお客相手にやってのけられるのは
詩人だけなのだから　さあ先生頼みますぜ　今日にもそれを　やってくれたまえ！
座附の詩人　おお　やめて下さい　あの雑多な群衆たちの話は。
その姿を眼にするだけで私たち詩人の霊感は逃げ去るのです。

私たちを守って下さい　押し寄せる客たちの群れから
あらがう私たちまでもを　無理にも渦に引き込むあの雑踏から。
おお　どうか　私を導いて　静かな天上の一角へ
そこでこそ詩人の純粋な喜びが花開く地へ　導いて行って下さい
愛と友情が神々の手を借りて
私たちの心の享《う》ける喜びを創り　護《まも》り育てるあの地へ。

ああ　あそこでなら私たち詩人の胸の底深く湧き出すものがある
私たちの唇がおずおずと語り出すものがある
形とならぬことも多いが　時として形が生れることもある
がまた瞬間の荒々しい力に呑み込まれ　姿を消す。
多くは　幾多の年月を重ねて　はじめて
まったき姿となって現われる。
きらびやかなものは瞬間のために生れ
真実のものがのちの世に残る。

道化　のちの世のことなど聞きたくもございません。
この私めがのちの世を気にしたら

誰がこの世の衆を楽しませるんで？
何と言ってもみなの衆は楽しむのがお好きだし　それももっとも至極《しごく》。
となりゃ　腕利きの役者がひとりいるのも
ちょっとしたことじゃありますまいか。
心に思うままを気持よく　演じて見せられるなら
お客のむら気など恐くない。
役者はお客衆につめかけてほしいものだが
それというのも　舞台の熱気と桟敷の熱気が競い合って燃えればこそ。
なればこそ詩人殿　ここはひとつ頑張って
空想の力をはばたかせ　更にはその下の合唱隊たる
理性　知性　感情　激情　それに加えて馬鹿ふざけも
決して忘れることなく　総動員で書き上げて頂きたく存じます。

座長　とりわけ　しかし　事件だけは盛沢山《もりだくさん》にな！
見物衆は観るために来る　観るのが何よりの好物だ。
眼もあやに　あれやこれやをくり出して
見物衆が口もあんぐり見とれてくれれば
大向うの喝采はあなたのもの

あなたは世にときめく寵児《ちょうじ》におなりだ。
大勢相手にはこちらも盛沢山で行かねばならぬ
沢山あれば　誰もが何かは見つけるって寸法だ。
お土産が多ければ　ありつく人数も多い道理
誰しもが満足して家路につける。
作品などとは言わないで　ばらばらにしてやるのがこつですな
そうしたごった煮が成功の基
料理も楽なら　食べさせるのも楽だ。
ちゃんとした料理をと気ばったところで
見物衆はてんでんばらばらつまみ食いするのが落ちでしてな。
詩人　心が痛まないのですか　そんな手先だけのでっち上げ仕事の劣悪さに！
本当の芸術家にそんな仕事ぶりは　どんなにそぐわないことか！
いかがわしい作家連中の手抜き作業が
もうあなたの原理原則なのですね。
座長　そんな悪口《わるくち》は蛙の面に何とやら
ひとかどの働きをしようという男なら
仕事の勘どころは　しかと心得ているものだ。

相手はやわな連中だということをお忘れなきよう
誰のために書くのかを　とくとお考えになることですな。
退屈にあくびしてやってくるのもいれば
御馳走を食べあきたからというのもいる
取り分け始末に困るのは　少なからざる方々が
新聞雑誌を読み散らしてから来ることだ。
連中は仮装舞踏会へでも出かけるつもりか　気もそぞろ
好奇心に浮足立ってやってきて
ご婦人方はわが身も衣裳も惜しまばこそ
お給金もなしに共演して下さる。
詩神の玉座であなたはいったい何を夢みていなさるのですかい？
満員御礼　札止《ふだどめ》に　詩人の誇りを満足させておいでかね？
地上に降りてきて　身近なお客衆の顔をばとくとご覧なさい。
鈍《どん》にして重《じゅう》か　さもなければ粗野この上なし
芝居のあとの楽しみは　こちらの衆がカルタ遊びなら
あちらの野郎は浮気娘の胸で明かす乱痴《らんち》気《き》騒《さわ》ぎの一夜とくる。
そんな連中のために気高い詩の女神方を

御わずらわせ申すなどとは愚の骨頂。
いいから　まぁ　盛沢山　盛沢山
その一手で行けば的を外すことなし。
客たちを煙《けむ》にまくこそよし
連中を満足させようなどとしても　それは至難の業《わざ》――
おや　どうなさった　喜びの発作か　はたまた苦痛の襲来か？
詩人　どこなりともよそへ行って　別の奴隷を探して下さい！
詩人のもつこの最高の権利
詩人が自然から許されたこの人間本然の権利を
あなたのためにおとしめ　無駄にせよとおっしゃるのですか！
詩人がすべての人々の心を動かすのは　何によってか
何によって詩人は四大元素のすべてをわが支配の下《もと》に置くのか
それは胸よりわきいでる調和の響き
世界を心に受け入れる調和の響きによってではないでしょうか。
自然が永遠に切れることのない運命の糸を
気ままに縒《よ》りをかけつつ無理にも錘《つむ》に巻き取る時
そして雑多多様な万物が

腹立たしくも乱調子な音を響きつづかせる時
誰がその単調に流れ行く無限の列に区切りを与え
躍動するリズムを生み出すのでしょうか
誰がそむき合う万物を聖なる普遍の香気に浴させて
美しい諧音の響きをかなでるようにさせるのでしょうか
誰が荒れ狂う嵐に情熱の激しさを託し
赤く燃える夕焼けのうちに真摯《しんし》なる思いを見いだすのでしょうか
誰が恋人たちの歩む小径《こみち》に
美しい春の花を惜しまず撒《ま》くのでしょうか
誰がただひたすらに緑なる樹々の葉を
いさおし高き人々の名誉の冠へと編み上げるのでしょうか
誰がオリュンポスの山を守り　神々をそこに集《つど》わせるのでしょうか
それはみな詩人　詩人のうちにこそ現われる人間の力ではありませんか。
道化　それならば　その美しい力とやらを大いにふるって
詩人商売に精をお出し下さいましな。
そいつは恋の冒険にもげに似たりという奴で
手を出しはじめるのはほんの偶然

感じる　離れられぬで　いつしか深みに入る
嬉しい知らせのあとは　四面楚歌《しめんそか》
楽しさにわが身忘れたむくいは　忍び寄る胸の痛み
たちまち成立するは　一巻の大ロマン――
といった具合の芝居を一本
人生の真っ只中にぐっと踏み込む奴をお願いしやす。
誰しも生きるは人生なれど　人生知るものは数少なし
あなた様がむんずと摑《つか》めば　どのひとかけらだって面白いこと疑いなし。
定かならぬ影々　目もあやに織り上げ
誤謬錯覚《ごびゅうさっかく》を山とつみ　そこに一瞬真実の火花を飛ばせれば
たちまち醸《かも》し出されるのは最高の美酒
世のため人のため　面白くてためになる極上品でさ。
そうすれば　若き世代の旗手たちは
あなたの芝居の前に集まりつどい　ご託宣《たくせん》に耳傾ける
心優しき若ものたちは　わが身を養う滋養にと
あなたの作品から憂愁の盃を傾ける
時としてあちらの思い　時としてこちらの思いがかき立てられ

誰しもが　わが心にかかることをば見つけ出す。
年若い連中はまだまだ泣けもすれば笑えもする
まだ心の弾《はず》みを失わず　仮の輝きにも喜びを見つけられる。
大人になった連中には手がつけられないが
これからって奴らはまだ感謝の心を忘れないものですよ。
詩人　それならば私にもまたあの時代を
私自身がまだ生成の途上にあったあの時代を返してほしい
かずかずの歌声がひしめき合いながら
途切れることなくわが胸から生れ
世界はまだ霧の中におぼろに包まれ
蕾《つぼみ》を見ればその花開かん時の驚きを思った時代
谷々は数知れぬ花の群に埋まり
幾千本もの花々を思うままに手折《たお》っていたあの時代を。
私はあの日々　何ひとつ所有するものとてなく　しかも満ち足りていた
真理を追う熱望と幻影を描《えが》く楽しみに心みたされて。
返してほしいのだ　あの胸突き上げる力の数々を　あの時の勢いのままで
あの苦痛に充ちた深い仕合せ

憎しみの力　愛の強さ
あの青春を　いま返してほしい。
道化　その青春の力が是非にもお入り用なのは　まあ例えばの話が
戦いのなかで敵に囲まれるとか
可愛いあの子があなたの首に
無理強いにもぶら下がってくるとか
足自慢の競走の遠い難儀な決勝点から
高々と掲げられた勝利の月桂冠が手招きしている
あるいはまた　踊り狂ったそのあとで
尽きぬ夜々を食べ飲み明かすといった場合。
けれどもご老体にふさわしいのは
心ひきしめ　いとも優雅に
昔からの心馴染みの弦をば弾《ひ》きつつ
わが身相応の目標へ向って
みやびにも迷い曲りつ近づいて行くこと
だからといってわれらが敬意は毛一筋だに減りはせぬ。
よわい重ねて人は愚かな子供に返るとは俗言

年老いてわれらは真の童心を得るのです。

座長　おしゃべりはもう充分だ
私の見たいのは実行なのだ。
お互にお世辞言葉をみがき上げるひまに
何か役に立つものが作れんのかね。
霊感がどうのこうのと言ったところで役に立たない
机に向わぬ奴にひらめいた霊感なんぞ聞いたこともないぞ。
いやしくも自分は詩人だと言いなさるのなら
詩神を動員してみせて下され。
こちらが要るものは　とっくに御存知の筈
飲みほしたいのは　ぐっと利き目の強い奴なのだから
一刻も早く醸《かも》し始めて頂きたい。
今日手をつけないものが明日仕上ったためしはなし
一日だに無駄にできない。
できることから決心をつけ
勇気を出してむんずと掴まえる。
一度掴めば手にしたものをむざむざ逃《のが》すはずはなく

こうと決めた心は断乎として仕事をつづけるのだ。

ご存知の如く　このドイツ国の舞台では
誰もが何でもやってみる。
この度も各々方
背景でも仕掛でも遠慮は無用。
太陽も月も惜しみなく
星々きらめかすのもおぼしめし次第
大河　火焔　断崖絶壁
けものにも鳥にも不自由はさせない。
さればこの狭い芝居小屋のうちにあって
神の御業《みわざ》の隅々にまで足をのばし
あわてずだれず天国からこの世へ
そしてこの世から地獄へまでも　経巡《へめぐ》り歩いて下されい。

天上の序曲

天主。天使たちの群。遅れてメフィストーフェレス。
三人の大天使が進み出る。

ラファエル　太陽は昔ながらの調べに従って
同胞《はらから》の星々とその歌声を競いつつ
雷鳴の如き歩みをもって
自らに定められた軌道をめぐり続けている。
その輝かしきさまはわれら天使の心を励ます
天使の誰ひとりとして　その不思議のすべてを究《きわ》め尽すことはできないのだが。
われらが理解を絶して高き御業《みわざ》のすべては
始めの日と変ることなく美しさのきわみに立つ。
ガブリエル　そして速く　理解を絶して速く
壮麗なる大地が回転して行く

楽園の明るい輝きが
深い　恐怖にみちた夜に変り
海は幾条かの幅広い潮流となって
切り立つ断崖の　千尋《ちひろ》の底の岩根に泡とくだける。
そして巌《いわお》も海も永遠に走りやまぬ大地とともに
天空のうちを遠く運ばれ続ける。
ミヒャエル　そしてどよめく嵐　疾風《はやて》は
海から陸へ　陸から海へと先を争い
その行きては返る怒号のうちに
いと深き生成作用の連鎖をめぐらす。
貫《つらぬ》く閃光が雷撃の行手を
炎と燃え上がらせ　焼き尽す。
だが　主《しゅ》よ　御身《おんみ》が使者たるわれらは
御身が一日の穏やかなる歩みを崇める。
三人の天使たち　御業の輝きはわれら天使の心を励ます
われらの誰ひとりとして　御身のすべてを究め尽すことはできないのだが。
そして御身の高き御業のすべては

始めの日と変ることなく美しさのきわみに立つ。

メフィストーフェレス　おお大旦那　旦那がまたお出ましになって
近頃地上じゃどんな具合だとおききになる
それに私のことはいつだって歓迎して下さるのだから
こうしてお供の衆の間にまじって立ち現われた次第です。
やんごとなき語り口をば心得ぬことは　ご免下さってもらいましょう
みなみな様の嘲《あざけ》り笑いを買ったって　こればかりは仕方がない
私が上品な口などきけば旦那はさだめし大笑いでしょう
笑い方を忘れていらっしゃらなければの話ですがね。
太陽とか諸惑星とか　それは私の知ったことじゃない
私の眼に見えるのは人間どもが互に苦しめあっている有様ばかり。
地上における神の似姿とかの人間は　いつになっても変化なく
そのさま始めの日と変ることなく　摩訶不可思議《まかふしぎ》のきわみなり。
旦那がなまじ天上の光の写しとやらを　呉れてやったりさえしなければ
ちったあ　ましな暮しもしてたでしょうが
やつはそれをば理性と呼び　その理性を使ってすることと言やあ
あまりあんまり動物的なので　どんな動物だってはだしで逃げ出す始末です。

旦那のお許しを乞うて申すなれば
人間はバッタの足長野郎によく似てる
飛んでは跳《は》ね 跳ねては飛びをくりかえすが
結局はすぐ草の間に落ち込んで 昔ながらの小唄をくりかえす。
いえ 草の間に寝そべっていればまだしものこと
何かと言えばごったざった くだらぬことに鼻を突っ込まなければ済まさない。

天主 それで言いたいことは全部かな？
お前は顔を出せば文句を言うが
地上の眺めがそんなに気に入らぬのかな？

メフィスト 入りませんなあ旦那さま いつもながらの手ひどい有様でさ
人間どものあわれな様子には 私だって惻隠《そくいん》の情をもよおして
この上自分で手を出す気にはなりかねますぜ。

天主 お前はあのファウストを知ってるか？

メフィスト あのドクトルのことで？

天主 私の僕《しもべ》だ！

メフィスト それはもうよく！ あの忠勤ぶりはまた特殊ですからなあ。
あの阿呆の食うもの飲むものは もはや地上のものにはあらず

胸に醸《かも》し出され泡立つものにかられて　ひたすら彼方《かなた》へと心こがれ
自分の気のふれ加減を半ば知ってはいながらも
天から手に入れたいのは　よりぬきの美しい星々
地上からは　この上なしの快楽のすべて
しかも遠くにあるもの近くにあるもの　みんなかき集めたって
深く動かされたあいつの胸は満足しない。

天主　彼の勤めぶりは今のところ　いささかしどろもどろだが
やがてはそれも澄んできて目標の定まるよう　私が導いてやるつもりだ。
園丁は若木の緑の萌え出るのを見て　既に
花と果実が来たるべき年々を飾るのを知るものだ。

メフィスト　一丁お賭けになりますか　あいつは私のものになりますぜ
お許しさえ頂ければね　あいつを私めの得意の道へ
やんわり誘い込んでいいという――。

天主　彼が地上にある限り
それはお前の自由にまかそう。
求めつづけている限り　人間は踏み迷うものだ。

メフィスト　これは願ったりかなったり。死んだ魂なんぞとは

こちとら　関わりたくないほうなんで。
こちらの好みは　生々したまんまる頬っぺた
死骸なんぞはご免こうむる
猫なら死んだ鼠なんぞ　相手にしないのと同じでさあ。
天主　よいだろう。お前にまかそう！
彼の精神をその根源から引き離し
もしお前の手におえるものなら
それを好きなように引きずり下ろしもするがよい
そして最後には恥じ入って白状するのだ
心ばえ秀《ひい》でた人間は　暗くおぼろなる衝動のうちにあっても
自分の踏むべき道を忘れることは決してないものだと。
メフィスト　いえ　もう沢山！　時間はかからぬ
賭の結果は安全至極《しごく》。
まんまとやつをとらえたならば
その時こそは旦那のお許し乞うて　腹の底から笑わせてもらいます。
塵《ちり》あくたをあいつに食わせてやろう　しかも自分から飛びつかせるぞ
私の大伯母なる　かの名高き蛇にも負けぬ嬉しがりようでな。

天主　お前は少しも遠慮せず　好きなように振舞えばよい。
私はお前らを嫌ったことがない。
否定を業《なりわい》とする悪霊《あくりょう》の数は多いが
この悪戯者《いたずらもの》はいちばん邪魔にならぬ。
人間はともすれば気がゆるみやすく
すべての活動を捨てて絶対的休息に憧れる。
だから私は人間に道連れをつけておく
かき立てゆさぶり　悪魔となって働く道連れだ——。
だがお前たち天使　神々の真正《しんせい》の子らよ
お前たちは生命に充ちあふれたこの美しさを楽しむがよい！
永遠に働きつづけ生きつづける生成の力をして
お前たちのまわりに愛の優しい垣を結ばせよう。
そしてお前たちは　揺れ動く仮の姿のうちに現れ漂うものを
崩れることのない思惟をもって　しっかりと捉《とら》えるのだ。

天が閉じ、天使たちは各々に分れ去る。

メフィスト　（独り）　時折はあの御老体に　どうにもひどく会いたくなる
喧嘩別れにならぬよう用心　用心。
あれほどの大旦那にしては　何とも見上げた方よ
悪魔相手にあれほど人間らしく口をきいて下さるとはな。

悲劇　第I部

夜

高い丸天井の、狭いゴシック様式の部屋。
ファウスト。立ち机のそばの肘掛け椅子にかけ、苛立っている様子。

ファウスト　ああ　哲学は言わでものこと
医学に加えて法律学
無駄なことには神学までも
胸を焦《こ》がして　学びぬいたが
今ここにいる　この阿呆は

昔と同じ阿呆のままだ！
学士　博士と肩書つけて
もうざっとのところ十年ばかり
右へ左へ　上へ下へと
学生どもの鼻ひきまわしはしていながら——
判ったのは　何ひとつ知ることはできないということだけだ！
そいつが俺の胸を灼《や》く。
もちろん俺は　はるかにましだ　そこいらの
博士学士　はたまた坊主書記らのがらくたよりも。
狐疑逡巡《こぎしゅんじゅん》など俺は知らぬ
地獄も悪魔も恐れはせぬ——。
が　その代償は喜びなしの人生だ。
うぬぼれることが俺にはできぬ
真理われにあり　われはひとの師たらむ
世を直し　ひとを道に導かむとな。
しかも　そのくせ　金もなければ産もなく
俗世の名誉も栄光もない

このままじゃ犬だってもう生きるのはご免こうむる！
と　思えばこそ俺は魔術に精を出すことにしたのだ
霊の力と口を借りて幾多の秘密が
告げ知らされるやも知れぬ
そうすれば　知らぬことをぺらぺらと
冷汗かきながらしゃべらなくとも済む
そして知ることができるのだ
世界をそのいちばん奥深いところで束《たば》ねているものは何か
そして　すべてを創る力と種子をこの眼で見
空しい言葉のなかであがきまわらずとも済むのだと　そう希望をかけたのだったが。

おお　空に明るき月の光よ　わが苦しみを
そなたが照らすのもこれが最後でありたきものよ！
数かずの夜更け　この立ち机に身をもたせ
私はそなたののぼるのを待ち
やがてそなたは　わが心憂き友よ
わが書物と草稿の上に　姿を現わすのだった！

ああ！　もしわれにしていま山々の尾根にあり
そなたの優しき光のうちを歩みうるものならば！
山間《やまあい》の洞窟のほとりをめぐり霊たちとともに漂い
緑の野にありてそなたのおぼろなる光のうちをさまよい
およそまやかしの知識の一切から逃《のが》れて
そなたの露に身をひたして健《すこ》やかにいのち甦りうるものならば！

おお！　わが身はまだこの牢獄にあるのか？
この呪わしい　空気も淀む洞穴《ほらあな》
ここでは天からの優しい光さえも
色濃き硝子《ガラス》にさえぎられ　濁りに染まって落ちてくる！
俺を囲むのは本の山　また山
紙魚《しみ》が食い　埃がおおい
はるかに高く　丸天井近くにまで積み上がり
至るところにランプの煙に煤《すす》けた手稿が突っ込んである。
まわりに並ぶのは薬品瓶　薬箪笥
さまざまの実験装置で身動きもできず

家伝来の研究器具がそこに加わる——。
これがお前の世界なのだ！　これをしも世界と呼べるものならば！
それでいながらお前はなおいぶかしむのか
なぜ自分の心臓は胸のなかで不安にしめつけられるのか
なぜ理由のない苦痛が
わがいのちの躍動をことごとに阻《はば》むのかと？
神が人間に　そのなかにおいてこそ生きよと
そう定められた　いのちあふれる自然の代りに
今ここでお前を黴《かび》くさく淀んだ空気のなかで取り巻いているものは
ただ動物たちの標本と死人の骸骨ばかりではないか。
逃れるのだ　さあ　広々とした野へ！
そしてこの秘密に充ちた書物
ノストラダムス自筆の一巻
これがそこへの　充分な道しるべではないか？
星辰《せいしん》の動きはこの書によって知られ

そして自然がひとたびお前に語り始めれば
魂の力がお前のなかで目ざめる
その力をとおして霊は霊と感応するのだ。
無駄なことだ　乾《ひ》からびた頭にたより
こんなところで神聖なるしるしの数々を明らかにしようとしても——。
おお　なんじら霊たち　なんじらは今　私のまわりを漂っているのか
よし　なんじら　もしわが声を聞かば　わが声に答えよ！

　彼は本を開き、大宇宙のしるしを見つめる。

おお！　このしるしを見ると何という歓びが
わが官能のすべてをつらぬいて　ほとばしり走ることか！
貴く若々しい生の幸福が
あらたに燃え立ちながら全身を駈けめぐる。
このしるしの数々を描いたものは　もはや神のひとりだったのではあるまいか？
これを見れば　わがうちに荒れ狂う嵐は静まり
不憫《ふびん》な胸も喜びに充たされ

そして秘密の衝動にうながされて
わが四囲の自然の諸力がその姿を現わす！
俺も今や神のひとりなのだろうか？　すべてが明るく透明に見えてくる！
俺の眼には　この純粋なしるしの一本の線ごとに
いのちを生む自然の実相がありありと現われる。
今こそ俺はあの賢者の言葉を知るのだ。
「霊たちの世界が閉じられているのではない
感覚が閉じられ　心が死んでいるのだ！
目覚めよ　学徒らよ　地上の埃つもるなんじらの胸を
朝焼けの大気に湯浴みさせよ　ためらうことなく！」

　彼はしるしを見つめる。

何とすべてのものがひとつの全体へと織りなされ
互が互のなかで働き合い　互のなかに生きつづけていることだろう！
天使たちの軍勢が　のぼって行き　くだって行き
手から手へと黄金《おうごん》の手桶を受け渡している！

そして　祝福に匂う翼をゆるやかに羽ばたきつつ
天から地をめぐり行き
そのなごやかな響きをもって万有の間を充たしている。

何と素晴しい光景か！　しかし　ああ！　光景にしか過ぎぬ！
どこで俺はお前を　無限なる自然よ　捉《とら》えうるのか？
どこでお前の乳房を捉えうるのか？
すべての生の泉　天と地がそこに自らを養い
力おとろえた人間の希望がそこに託されるその泉を？
お前はあふれ湧き　惜しげなく飲ませ与える　そして俺ひとりは空しく焦《こが》れ死ぬのか？

彼は腹立たしげに頁をめくり、地霊のしるしを注視する。

何と違う力だ　このしるしが俺に働きかけるものは！
お前　地の霊よ　お前は私に近しい。
早くも俺のなかでもろもろの力が高まり充ちてくる
早くも俺は新醸《しんじょう》の酒の力に燃え立つ思いだ

俺のなかに勇気が湧き上がり　広い世界へと心がはやる
地上の苦痛　地上の幸福を一身に担《にな》い
荒れ狂う嵐とその力を争い
いま沈まんとする船の最後の悲鳴にも一歩も退《ひ》くまい。
おや　雲が出てきたぞ――
月がかげる――
ランプが暗くなる！
もやが立ちこめ――赤い稲妻が
俺の頭上に走る――天井から
ぞっとする風が吹き下りて
俺を捉える！
判った　お前だな　わが望みし霊よ　お前が漂っているのだな
姿を現わせ！
ああ！　俺の胸のなかで裂けるものがある！
新しい感情へと　俺のすべての感覚が
その根もとからあらたまって行く！
おお俺の胸はお前に明け放たれた！

現われよ！　現われよ！　たとえわがいのちと引きかえであっても！

彼は書物を手に持ち、神秘の調子をもって地霊の呪文をとなえる。
赤い炎が燃え上がり、地霊がそのなかに姿を現わす。

地霊　俺を呼ぶのは誰だ？

ファウスト　(顔をそむけて)　何と恐ろしい顔だ！

地霊　お前は俺を力強く引きよせた
俺の霊気を吸い続けた
それが今――

ファウスト　ああ！　俺はお前に耐えられぬ！

地霊　お前は深く息づきつつ俺と遇《あ》うことを願い
俺の声を聞き　俺の顔を見ることを願った
お前の魂の強い願いが俺の心を動かし
俺は来た！　――だが何とあわれな恐れが今

超人と名乗るお前をとらえていることか！　魂の叫びは何処へ消えた
自らのうちにひとつの世界を創るお前の胸は　何処へ消えた？
何処へ消えた　ひとつの世界を担い　はぐくみ　喜びに震えて
俺たち霊の存在と同じ高みに立たんとしたその胸は？
何処に消えた　お前ファウスト　その声が俺の耳に響き
そのすべての力をふるって俺に迫ったあのファウストは？
お前があのファウストなのか　俺の息に包まれ
いのちの底に落ちこんでふるえ
恐れに身を丸めているこの虫けらが？
ファウスト　俺がお前にたじろぐというのか　炎なす霊よ
俺だ　俺がファウストだ　お前と同じいものだ！
地霊　生命の満ち干《ひ》のなかに　嵐と荒れる行為のなかに
波と寄せ　波とかえし
たてに織り　よこに織る！
誕生と死
永遠の海
絶え間なき営み

燃え立ついのち
俺は　時間のざわめく織り台の前に坐り
神の生ける衣《ころも》を織り続けるのだ。

ファウスト　広い世界をめぐるお前
休むことを知らぬ霊よ　俺は何とお前に近しいことか！

地霊　お前が似ているのは　お前の頭で考えた霊にだ
俺にではない！（消える）

ファウスト（崩れ落ちながら）お前にではない？
ではいったい誰に？
神の似姿たるこの俺が！
お前にさえも似ていない！（扉を叩く音）
おお、何ということだ！　あれは俺の助手だ――
俺の無上の幸福ももう終りだ！
幻の力に充たされたこの今を
あのひからびた男が邪魔しに来るとは！

ヴァーグナー。ナイトガウンを着、ナイトキャップをかぶり、手にランプ。ファウストは腹立たしげに振りむく。

ヴァーグナー　ご免下さいまし。朗読のお声が聞えましたもので。
あれは定めしギリシャの悲劇でございましょう?
そのわざならば私も習い覚えて　ちと得をしたいものと存じております
なにせきょうびには　あれはなかなか役に立ちますとか
役者なら牧師さまにだって教えられると
世の人がほめているのをよく耳にいたします。

ファウスト　げにもよ　よくあることだが
もし牧師が役者であるものならばな。

ヴァーグナー　ああ　こうして学びの館《やかた》に閉じ籠もり
休日さえも世間を見ず
はるか離れて遠眼鏡に覗《のぞ》くのも稀《まれ》でいて
どうやって世間を教え導く弁舌が振えましょう?

ファウスト　胸に感じるものがなければ人の心を得ることはできぬ。
魂の底から湧き出すものが
快《こころよ》い力強さに充ちみちて

聞く人々すべての心を引きさらうのでなければならぬ。
坐り込んだまま膠細工《にかわざいく》に精を出し
他人のお余りを雑炊にでっち上げ
みすぼらしい灰の山から
あわれな炎をかき立てていたところで
精々子供や猿の驚嘆讃嘆
そんなところが関の山だ——。
本当に胸の底から湧き出たものでなければ
胸から胸へと伝えることはできない。
ヴァーグナー お言葉ですが 弁舌さわやかなるは成功のもと
その点のわが拙《つたな》さが身にしみております。
ファウスト 真っ正直な成功だけを求めるのだ!
空《から》っさわぎの阿呆になるな!
理性と真直ぐな心があれば
技巧など拙くとも言葉は出る
言うべきことが真剣ならば
何で言葉の先をひねる必要がある?

光彩陸離《こうさいりくり》と輝く雄弁の言葉などは
人類をいかな美辞麗句で飾り立てようとも
秋の枯葉をいたずらに鳴らす湿った風に似て
ひとの心を甦らす力を持たぬ。
ヴァーグナー　ああ！　学術は長く
われらが人生は短しと申します。
厳密なる学びの道に身をささげておりますと
何やら頭も胸も不安に重くなって参ります。
原典にまでさかのぼろうと努めましても
そのための勉強は艱難辛苦《かんなんしんく》
道半ばに至る前にも
あわれ私どもの寿命はおしまいでございます。
ファウスト　古ぼけた羊皮紙があの聖なる泉だとでも言うのか
そこの水を飲んだものは永遠に渇くことがないという？
渇きを癒《いや》すものはただ
自分の魂からのみ湧き出るのだ。
ヴァーグナー　お言葉ではございますが　私の何よりの楽しみは

もろもろの時代の精神になったつもりで
その時々の賢人がどう考えておりましたかを見てとりまして
さても今日《こんにち》われわれは遠く遥かに進歩したものよと考えることでございます。

ファウスト　おお　そうとも　遠く遥かに星々までもな！
過去の時代というものはな　わが友よ
七つの封印で閉じられた書物なのだ。
君らがあの時代この時代の精神と呼ぶものは
結局のところ御自分方の精神で
そこに映っているのはそれらの時代の影ばかり。
まったくもって惨めな代物《しろもの》だ！
みなが尻に帆をかけ逃げ出すのも無理はない。
君らの描く時代など　ごみ溜　ぼろ市　ちり芥《あくた》
精々のところで謀反裏切お家騒動の大芝居に
実用むきのお説教がつき
操り人形がしゃべるに丁度いい程度だ。

ヴァーグナー　ではございますが　この広い世界！　人間の心と精神！
誰しもがその幾分かは　認識したいと望むものでございます。

ファウスト　そう　その認識こそ災いだ！
子供を本当の名前で呼ぶなど愚の骨頂！
少しばかり本当のところを認識したからと言って
不用心にもその心をさらけ出し
愚民どもに自分の感情と洞察を語った奴は
はりつけにされ火あぶりになるのが世の定め。
――だが　もう　夜も遅い
今日のところはこれでもう沢山だ。
ヴァーグナー　こうやって先生と学芸の道を論じておりますれば
夜の更けるのなど苦になりません。
明日は復活の祭の第一日でもございますれば
またひとつふたつの質問をお許し下さいまし。
たゆむことなく学びの道にいそしみまして　わが知識も浅からぬものではございますが
私の望みは更にすべてを知り尽すことでございます。（退場）
ファウスト　（独り）何と性こりもなく希望を捨てずにいられるものだなあ！
下らぬことを信じ込み

欲ぶかい手で地下の宝を掘り出そうとして
みみずの一匹も見つかれば喜んでいる。

あんなつまらぬ人間の声が聞えていいのか
霊の力が俺を取り巻いたこの場所で？
だがああ　今度ばかりは俺は感謝するぞ
地上の子らのうちでももっともあわれなお前にな。
お前は絶望から俺を引き離してくれたのだ
すんでのところで俺の五官は　絶望に砕かれようとしていたところだったのだが。
ああ　地霊の現われは何と巨大だったことか
俺には自分がこびとだとしか思えなかった。

俺は神の似姿として
永遠の真理を映す鏡に既に間近く
天上の輝きと明晰さのうちに自分の力を楽しみ
地上の子の殻は脱ぎ捨てたと　信じていた。
自らを知の大天使にも優《まさ》るものとし

自らの自由な力が早くも大自然の血管を流れ
自らも創りつつ神々の生を楽しむと
わが心の告げるままに空想していた——その報《むく》いがこれだ！
　雷《いかずち》の言葉が俺を打ちのめした。

お前に似ているなどと思い上ってはならぬ！
お前を引き寄せる力は持っていた
だが　お前を引きとめる力は俺になかったのだ。
あの貴い仕合せに充たされた時間
俺には自分が限りなく卑小に　限りなく巨大に思えた。
だが　お前は俺を残酷にも
定めなき人間の宿命へと突き戻した。
俺を導くのは誰だ？　俺が避けるべきは何か？
俺は行為を目指すあの激しい思いに従うべきか？
ああ　だが　われらの行為そのものが　われらの苦悩と同様
われらの生の歩みを妨げる。

精神がどんなに素晴しいものを受けとろうとも
つまらぬ物質がたちまちそこにこびりついて来る。
ひとたび現世の宝を手にすると
それに優れた貴きものは　ただのまやかしに過ぎぬと考え始める。
我々にいのちを与えた美しい感情は
地上のよしなし事のうちにこわばってくる。
かつては空想が大胆に羽ばたき
希望に燃えて永遠の空間へと飛び立ち拡がったが
時の渦のうちにひとつひとつそれらの希望が潰《つい》えて行った今は
空想もせせこましい部屋から外へ出ようとはせぬ。
憂いがすぐにも胸の底深く住みつき
ひそかな痛みでそこらを食い荒し
不安げに身をゆすぶっては楽しみと平安を妨げる。
憂いが現われる時はいつも新しい仮面をつけ
時としては家屋敷　時としては女房子供
はたまた火事　洪水　短剣　毒薬となる。

お前は起きることもない事件のために戦き《おのの》
失うはずもないものを心配して怯《おび》え続ける。

神々に似る俺ではない！ もう肝に銘じて判った。
塵《ちり》あくたを掘り返すみみずにこそ似る俺なのだ
塵あくたを食らいつつ生き
さすらい人の足に踏みにじられて死ぬみみずだ。

塵ではないか 俺のまわりの
この棚 棚 棚を埋めつくしているものは？
紙魚《しみ》と黴《かび》との世界で俺を追いつめる
この役立たずの装置 器具 実験道具は？
俺に欠けているものが こんなところで見つかるとでもいうのか？
この上幾千もの本を読み散らせというのか？
いつの世どこの国でも人間はわれとわが身を苦しめてきたことを知り
時としては幸福者もいたことを知るためだけに——。
何を嘲《あざけ》り笑うのだ 歯をむき出して そこのうつろなしゃれこうべ？

お前の脳みそもかつては俺の頭と同じように錯乱し
日中は軽《かる》やかな生を求めながら夕暮には心重く
真理を求めて惨めにさまよったのか？
貴様ら実験器具たちも俺を嘲っているのだな
歯車に把手《とって》　カムにシリンダーを光らせて。
俺が真理の戸口に立った時　お前たちこそ鍵になるべきだった
だがお前たちの入り組んだ仕組も空しく　錠前は開かなかったではないか。
明るい日の下《もと》にあっても秘密に充ちて
自然はそのヴェールをとろうとしない。
自然が自分から明かさないものは
てこでもねじでも無理強いはできない。
そしてお前　俺が使ったことのない古い器具よ
お前がここにあるのはただわが父の遺品故だ。
お前　古ぼけた滑車よ　この書き物机に薄暗いランプが燃える限り
お前はなお煤《すす》けて行くばかりだ。
言うほどもないその重みに心ふたいで　気のはれぬ汗をかいているより
こんなものはみな　さっさと無駄に使って捨てるべきだったのだ。

祖先から遺されたものは
自らの手で獲得し直してこそお前のものとなる。
利用できぬものはいたずらな重荷になるのみ
瞬間々々が新たに創り出して行くものだけが　今この瞬間が利用できるものなのだ。

だが何故　俺の眼はあの場所に引き寄せられて離れぬのか？
あの小瓶が俺の眼を引く磁石だとでもいうのか？
何故俺の心は急に晴々するのか
まるで夜の森のなかに月の輝きが拡がってきたかのように？

歓迎するぞ　お前比類なき一本の試薬の瓶よ
俺はお前を　深い敬虔《けいけん》の思いとともに棚から下ろす
お前にこめられた人間の智恵と技術をこそ俺は尊ぶ。
心優しき眠りの薬の神髄
死に到るほどに繊細な力の凝縮
お前の主人たる俺のためにその力をふるって仕えてくれ！
お前を見れば　苦しみはやわらぎ

お前を手にすれば　焦《あせ》る心はなだめられる。
精神の高潮《たかしお》も次第に引いて行く。
わが行手は広々とした大海原《おおうなばら》へ開き
わが足元には鏡のような海面が輝き
新しき岸辺へと新しき一日が招いている。

燃え立つ炎の車が軽やかに翼を打ち振りながら
俺に近づいてくる！　俺のなかには新たな力がみなぎってきて
大気のなかに新たな軌道を描き
純粋な活動の新たな領域を目指し始める。
この高き生　この神々の歓び
まだやっと虫けらにしか過ぎぬお前が　それに値するのだろうか？
よし　心を決めよ！
心優しき地上の太陽に決然と背を向けよ！
あえて傲慢たれ！　そして万人が避けて通るあの門を
自らの手で引き開けよ！
今や行為をもって示すべき時だ

男子の威厳は神々の高みにも　あえて一歩をゆずらぬことを。
あの暗い空洞を前にしても戦きはせぬぞ
たとえ空想がそこに　恐ろしき姿を描いて自ら苦しもうとも。
その狭い入口のまわりに地獄のすべてが炎と燃える
あの門を目ざして俺は進む。
その一歩へと　心晴れやかに決心しよう
たとえそれが無への一歩である危険を冒《おか》しても。

さあ　下りて来い　水晶の純粋なる器《うつわ》よ！
お前は長い年月その古びた箱に眠り
俺はそれを思い出しもしなかったのだが
かつてお前は祖先たちの喜びの宴《うたげ》に輝き
厳粛な思いにふける客人たちの手から手へと渡り
その真面目な心をも華やがせたのだった。
美しく技巧をこらして　お前の上に彫り込まれた様ざまな姿を
客人たちは宴の習いとて　調べもはなやかに即興の詩によみ
なみなみとつがれた酒を一気に飲み干したのだったが

そうした青春の夜の数々が　お前を見ていると想い起こされてくる。
だが今はお前を差し出すべき客人はなく
お前の美しい飾りを賞めたたえようとも思わぬ。
ここに一瞬にしてひとを酔わせ尽す酒がある
その褐色の潮《うしお》をもってお前を充たそう。
俺がかつて醸《かも》し　俺が今選び出すこの最後の酒を
心をこめ　晴れやかに貴き挨拶として
新しき朝に贈る！

盃を唇に当てる。

鳴り響く鐘の音、合唱の声。

天使たちの合唱　キリストは甦りぬ！
喜びを享《う》けよ！　死すべきものよ
人知れず忍び寄る
滅びにいたる原罪に

　深くとらわれたるものよ。

ファウスト　何と深い声が　何と晴れやかな響きが
俺の唇から盃を無理にも引き離すことか！
お前たち　くぐもって響いてくる鐘の音よ
お前たちは早くも復活の祝祭の　最初の始まりを告げているのか？
お前たち合唱の声よ　お前たちは早くも
あの慰めの歌をうたうのか？　かつての夜　神の子の墓辺に
神と人との新しき約定《やくじょう》を告げて　天使たちの唇から響いたあの歌を？

女たちの合唱　匂いよき香油をもて
　御身《おんみ》を塗りぬ
　われら信篤《あつ》き女たち
　御身をここに横たえぬ。
　布《ぬの》と帯もて
　御身を包みぬ　清らかに。
　されど　ああ　主《しゅ》の御姿は

ここに見えず。

天使たちの合唱　キリストは甦りぬ！
至福なるかな　いつくしみの主
世を救わんがため
深き悩みの
いたましき試みに堪えたもう。

ファウスト　なぜ探すのだ　力強くそして穏やかな
お前たち天上の声よ　塵にまみれた俺などを？
あの心弱き人々の集《つど》いでこそ響くがよい。
福音は聞えてくるが　俺には信仰が欠けている。
奇蹟《きせき》は信仰のいとし子だ。
天上の領域を目指そうと俺は思わぬ
あの優しい告知がそこから響いてきていようとも――。
だが　しかし　幼き日々から聞きなれたあの響き――
あの響きが俺を　今もまた生へと呼び戻す。

あの頃　天上の愛は口づけとなって
安息の日の厳粛な静けさのなかで俺を包み
鐘の音は予感に充ちて大気をふるわして
俺の祈りはそのまま燃え上がる歓びだった。
何故《なにゆえ》とも判らぬ優しい憧れが
俺の心を動かして森や野をさまよわせ
尽きることのない熱い涙とともに
俺はひとつの世界が生れて行くのを感じたものだった。
いま響くこの歌はやがて来る青春の快活な遊びを
春の祝祭の自由な幸福を　俺の心に予告したのだった——。
ああ　子供らしい感情に充たされた追憶が
厳しい最後の一歩から俺を引きとめる。
おお響きつづけよ　優しい天上の歌声よ！
涙があふれ流れ　俺はいま再び大地のものだ。

使徒たちの合唱　ひとたび葬られし主
　既にして天上へと

生き日に崇高なりしまま
うるわしくも甦り
復活の陶酔のうちに
創造の喜びに近くいます。
ああ！　われらは地上のふところを
離れること　あたわず。
主は　主の子たるわれらをここに
憧れにやつれたるままに残しぬ。
ああ　わが主よ　われらは
御身が幸福をわれらが不幸と泣く。

天使たちの合唱　キリストは甦りぬ
滅びの淵《ふち》を離れ。
なんじらもまた　破滅のきずなより
喜びをもてなんじらを解き放て！
いそしみつつ主を称《ほ》め奉るもの
愛につとめるもの

同胞《はらから》とともに隔《へだ》てなく食するもの
福音を伝えつつ旅するもの
信仰の歓びを人々に約するもの
主はなんじらの近くにいます
なんじらのため　主はここにいます！

市門の外

様ざまな散歩者たちが門を出て郊外へ向う。

職人の徒弟たち二、三人　そんな方へ押し出して行って何になるんだ　え？
第二の連中　猟師小屋まで行ってみようってことよ。
最初の連中　水車小屋までぶらつくってのはどうだ。
ひとりの徒弟　なら　川っぷちの居酒屋のほうが気が利いてるぜ。
第二の徒弟　あの道は　ちいとも気が利いてねえ。

第二の連中　おめえはどうする？
仲間と一緒に行くまでよ。
第三の徒弟　いいからブルク村までのぼることさね
第四の徒弟　あそこにあるのは　この上なしの娘っ子にビール
それに上等舶来の喧嘩とくらぁ。
第五の徒弟　おめえ　馬鹿に調子づきやがって
二度撲《なぐ》られてもまだこりねえのか？
俺はもう真っ平　真っ平
あそこにゃ足も向けたくねえ。
女中　いや　いや　あたいはもう町へ帰る。
第二の女中　あのポプラの木の辺にいるわ
きっとあの人。
第一の女中　いたからってどうなのよ。
あんたのそばにへばりつくだけじゃない。
あんたとばっかし踊ってさ。
あたいは面白くも可笑《おか》しくもない！
第二の女中　今日は必ず連れがあるからさ
あのちぢれっ毛の男ね　あれを連れてくるって言ってたわ。
学生　すごいぞ　小憎ったらしい歩きっぷりだ！

おい　あとをつけよう！
強いビールに　くらっと来るタバコ
それにめかした女の子が　俺の好みさ。
良家の娘　あら　あの学生さんたちったら！
本当に口惜しいこと。
どんなにいい家の娘とだっておつき合いできるのに
あんな女中風情《ふぜい》のあとを追って！
第二の学生（第一の学生に）おい　そう急ぐな！　うしろを見ろよ！
可愛く着飾ったのがふたり　やってくるぜ。
ひとりは俺の隣の娘だ。
俺はあいつに参ってるんだ。
今はおとなしやかに歩いているが
頼めば散歩の相手も許してくれるさ。
第一の学生　とんでもない。俺は気どるのはご免だぜ。
さあ急ごう　あのぴちぴちしたのを逃がすものか！
土曜日にはほうきを握って掃除する手が
日曜日には骨を惜しまず可愛がってくれるってことよ。

市民　いや気に入りませんなあ　今度の市長は！
一度その椅子に坐ったら　ただもう横暴になるばかり
市のためにいったい何をしましたかね？
毎日悪くなる一方じゃありませんか。
お達しばかりはきびしくなり
税金は前代未聞の高さとくる。

乞食　（歌う）右や左の旦那さまに　奥方さま
立派なお身なりに　輝くお顔
どうぞ私めに　お恵みを！
苦しい暮しに　お助けを！
オルガンまわすも無駄ならず
恵む方にこそ　恵みあれ！
なべてのひとの祝う日は
わが鍋充たす日にぞなれ！

第二の市民　日曜祭日の楽しみなら
戦争談義が何よりですな。
但しはるか彼方《かなた》のトルコあたりで

やってもらうに限ります。
こちらは料亭の窓辺に立って　わがグラスを飲み干しつつ
流れを下る　色とりどりの船を眺め
やがて日の暮れ　心楽しく家路を辿り
平和の御代《みよ》をことほぎましょう。
第三の市民　いや御同輩　その通り
他人様ならお互に　勝手に頭を割り合うがいい。
何がどうなろうと知りはしない。
だが　ただわが家ばかりは　平穏無事が望まれますなぁ。
老婆　（良家の娘たちに）あい！　めかしなすったね　美しいお嬢さん！
道行く男ならどれもこれも　ぼうっとして振りかえりますぞい――。
おやおや　そんなにお高くとまりなさるな！　わしには判っておりますて。
お望みのことなら何なりと　この婆《ばば》がかなえて進ぜますぞ。
良家の娘　アガーテ　行きましょう！　わたし厭《いや》なのよ
あんな魔女婆さんと大っぴらに口を利くのは。
聖アンドレアスの夜に未来の恋人を
見せてもらったことはあるのだけれど――。

第二の娘　わたしにも水晶の球に映してくれたわ
軍人らしくきりっとして　大勢の勇士にかこまれて。
あれからわたし　何処へ行っても彼を探しているの
でも　いっこうに会えないけど。

兵士たち　城壁高き
敵の城
お高くとまった
すげない娘
それを抜くのが　わが望み！
胆っ玉すえて攻め込めば
城も娘もいやとは言わぬ！
ラッパの音も高々と
勇者は突っ込む敵の中
勝利の歓呼に終ろうと
戦場の土と消えようと
それこそが突撃だ！

それこそが人生だ！
娘も城もわが手に落ちる
たちまちに！
胆っ玉すえて攻め込めば
城も娘もいやとは言わぬ！
いざや兵士よ　いざ進め
今こそ門出だ　出撃だ。

ファウスト、ヴァーグナー登場。

ファウスト　春の優しく励ます眼差《まなざ》しに勇気づけられて
河も流れも氷から解き放たれ
谷間では希望をはらんだ新しい幸せが緑に萌えている。
年老いた冬は力弱く
荒れ果てた山へと退《しりぞ》いて行った。
なお時折　冬は逃《のが》れつつも
力ない氷のつぶてを送り

緑の萌える野にまだらな白の刷毛《はけ》あとを残すが
しかし甦る太陽は一片の白さをも許さず　たちまちにそれを溶かし去る。
至るところで生命の芽生えと成長が始まり
太陽は万物をいのちに溢《あふ》れる色々で塗り上げる。
この一帯では花はまだ開かぬとは言え
陽光は着飾った人々を誘い出して　花とちりばめる。
身をひるがえして　この丘から
彼方の町を振りかえり見るがよい
うつろに暗い市門から
今日こそは陽の恵みを楽しもうと
色とりどりの人々の群れが押し出してくる。
彼らはみな主《しゅ》の甦りを祝うのだが
それは　他ならぬ彼ら自身が　いま甦るからなのだ。
低い家並の暗い部屋　部屋から
仕事場や商いの生活の束縛から
重くのしかかる破風《はふ》や屋根の下から
締めつけるように狭い路地から

教会の厳粛なる薄暗がりから
いま彼らはみな明るい陽光の下《もと》へ集ってくる。
そら見るがよい！　ひとびとはまたたくひまに
畑へ野へと散りぢりに拡がって行く。
流れには見渡す限り
遊楽の舟々が漕ぎ出されている。
今にも沈まんばかりに人々を積み込んで
渡し舟が目の下を離れて行く。
はるかな山の小道にさえも
色鮮やかな衣裳の輝くのが見える。
村からは早くもどよめく声が聞えてくる。
これこそは民衆にとっての真《まこと》の天国だ。
老いも若きも心充ちたりて歓びの声をあげている
わたしもここでは人間だ　人間であることを許されると。
ヴァーグナー　先生のお供で散歩をいたしますのは
名誉でもございますし　得ることもまた多《おお》ございます。
ですが私ひとりでは　こうした騒ぎに巻きこまれとうはございません

と申しますのも　粗野こそが私のもっとも忌み嫌うものでございます故。
浮かれたヴァイオリン　馬鹿げた叫び声　玉ころがしのボールの音
どれもこれも本当にやり切れぬ騒々しさでございます。
民衆どもは悪霊《あくりょう》にとりつかれたかのように騒ぎまわり
それが喜び　それが歌だと信じ込んでいるのでございます。

菩提樹の下に百姓たち。
踊りと歌。

羊飼いが　さあ踊りだとめかし込み
チョッキにバンドに花飾り
いきな着こなし　出かけたが
菩提樹のまわりはもう満員
誰も彼も踊り狂って止まらない。
ユホへ！　ユホへ！
ユホハイザ！　ハイザ！　へ！

浮かれヴァイオリンは止まらない。

羊飼いはあわてて割り込んで
うっかり片肘ぶつけたは
ちょっと目立った元気な娘
それが振り向き言うことにゃ
あたしゃとんまは大嫌い。
ユホへ！　ユホへ！
ユホハイザ！　ハイザ！　へ！
行儀の悪いのは大嫌い。

けれどもまわる踊りの輪
ふたりは踊る　右左
スカートふくらみ　花のよう
ふたりの頬は真っ赤にほてり
腕に腕組み　息を継ぐ。
ユホへ！　ユホへ！

ユホハイザ！ ハイザ！ へ！
腰のあたりに 手がさわる。

やめておくれよ 慣れなれしい
不実な男はたんといる
泣いた娘にゃことかかぬ
とは言いながらも口説かれて
ふたりで消える闇の中。
ユホへ！ ユホへ！
ユホハイザ！ ハイザ！ へ！
浮かれヴァイオリンは止まらない。

老百姓 これは ドクトルさま 何と秀れたる御心《おこころ》ばえ
私どもをさげすまれることもなく
今日このむさくるしい混雑のなかに わざわざと
大学者の御身《おんみ》をお運び下さいますとは。
それでは私どもが新醸《しんじょう》の美酒で充たした

この美しい大盃をお受け下さい。
盃を献《ささ》げながら私の願いますことは
この美酒がお口の渇きをいやすだけではなく
大盃を充たす酒のしずくの数ほどにも
あなたさまがこの先なお　齢《よわい》を重ねられることでございます。

ファウスト　身も心も甦らす美酒を感謝とともに飲み干し
あなた方の健康と仕合せを心から祈る。

民衆たちが輪になって集ってくる。

老百姓　まこと　今日の佳《よ》き日においで下さいまして
一同　心から嬉しく存じております。
と申しますのも　過ぎた苦しみの日の
あなたさまの御親切が身にしみておりますればこそ　でございます。
ここにいのち長らえて立ちますものの多くも
御父上が荒れ狂う流行《はや》り病いを食い止めなされたあの時
恐ろしい熱の手から辛うじて

お救い頂いたものどもでございます。
あなたさまもあの時なお若年ながら
どんな重病人の伏す家をも避けず訪れ
しかも多くの人々が倒れるなかにあって
なお健《すこ》やかに医師の仕事にいそしまれ
苛酷なる試煉《しれん》に見事お耐えになったのでした。
地上にて人々を救った方を天上の主がお救い下さったのでございます。

すべての人々　尊き方がこの先もなお健やかに
われら一同をお助け下さいますように！

ファウスト　かの御方の前にこそ感謝の頭《こうべ》を垂れようではないか。
その御方だけが助けるすべを教えられ　地上に救いを下されるのだ。

ファウストはヴァーグナーを伴い、その場から離れる。

ヴァーグナー　ひとびとにかくも敬われて　偉大なる師よ
どんなにか晴れやかなお心持でいらっしゃいますことでしょうか！
本当にお仕合せでございます　生れながらの才能をふるって

このように大きな成功を世に収められる方は！
父親はわが子に御姿を拝ませようとし
誰もが囁《ささや》き合い　押し合い　先を争い
ヴァイオリンも音を休め　踊り手もひととき踊るのを忘れます。
御足《おみあし》の向くところ　ひとびとは並び迎え
帽子が喜びに高く舞い
あたかも貴き聖体をむかえるが如く
みな殆ど膝をつかんばかりの有様です。

ファウスト　さあ　もうわずかであの岩のところだ
よし　このなじみの場所で散策の疲れを少し休めようではないか――。
あのころ私はしばしば　深い思いに沈んでこの岩に坐り
自らの身を祈りと断食《だんじき》とで苦しめたものだった。
希求に心を燃やし　信仰に心を固め
涙と吐息と身もだえを重ね
私はあの疾病《しっぺい》の終息を天なる主より
無理強いにも請い願わんとしていた。
ひとびとの賞讃はいま私には　嘲笑のように響く。

ああ　私ひとりは内心深く知るのだ
父も子もその名声に
まったく値しないのだということを！
わが父は独学の田舎紳士で
自然のくりひろげる聖なる動植鉱物各界のすべてについて
生真面目に　しかし自己流に
妄想にも近い努力を重ねて　考察を続けていた。
熟練の学者たちとも交わりを結び
錬金《れんきん》の工房に閉じ籠もり
実験につぐ実験を重ね
親和せぬ二者をひとつ容器へ追いやるのだった。
大胆な求婚者たる赤獅子《あかじし》こと赤色酸化水銀を
人肌の溶液中にて白百合即ち白色塩酸と婚姻させ
更には燃えさかる炎の力をもってその二者を責め
新婚の臥床《ふしど》たるフラスコから他のフラスコへと転じせしめる。
そしてほどなく　ガラスのうちに燦然《さんぜん》と
奇蹟《きせき》の石たる若き女王　塩化水銀が現われれば

そこにわが父の秘薬は得られ――それを飲んだ病者は死に続け
しかし誰ひとりたずねようとはしなかった　治ったものはいるのかと。
こうして父と子は地獄の妙薬をたずさえて
谷から谷へ　山から山へ
あの恐ろしき病いよりなお恐ろしく駈けまわった。
私もまたこの手で幾千もの人々に毒を与え
その人々の力おとろえて死ぬのを見　しかも今わが耳に聞かねばならない
厚顔無恥《こうがんむち》なる殺人者が称《あが》めたたえられるのを。
ヴァーグナー　何故そうしたことにお心を悩まされる必要がおありなのでしょうか！
心正しきものは　先人より受け継いだ技《わざ》を
正直に丹念に世に行いさえすれば
それでもう充分なのではないでしょうか？
青年として父を敬えば
父より学術を受け継ぐは当然のこと。
そして受け継いだのち学術に更につけ加えるものがあれば
その息子は更により高い目標に達することができましょう。
ファウスト　おお幸いなるかな　この錯誤《さくご》の大海から

なお浮び上がることあらんと希望しうるものは！
人智に知れぬことが　まさに必要なことであり
人智に知れることは　知っても無駄なことなのだ。
だが　この美しい春のひと時を
言って詮《せん》ない事で曇らすまい！
見るがよい　夕日の赤く燃えるなかで
緑に囲まれた家々がほのかに光っている。
一日が終り　太陽は今この地から退《しりぞ》き
新しい土地で新しい生命を呼び起こそうと先を急いでいる。
おお　われに翼あれば　大地を離れ
太陽を追ってどこまでも　力の限り飛び続けたきものを！
その時　空飛ぶ私を包む永遠の夕映えのなかで
静かなる世界が目の下遥かに横たわり
山々は火と燃え　谷間は深くしずまり
銀色にせせらぐ小川が金色《こんじき》の大河に流れ込むのが見えよう。
恐ろしき岩壁のそそり立つ荒涼たる山岳も
神々に比すべき歩みをさえぎるにすべなく

驚きに見はるわが眼《まなこ》の前に
水ぬるむ入江をつらねる海がその姿を現わす——。
そう思ううちにも日の女神はとうとう沈んで行くらしい。
だが新たな活力がまたわがうちに目覚める。
私は日の女神の永遠のいのちを享《う》けんものと急ぎ
わが前には昼　うしろには夜
上には空　下には波また波が拡がる。
おお　美しい夢をゆめ見ているうちに　陽は西に落ちた。
精神の翼をはばたくは易しく
肉体の翼を得るは難《かた》い。
しかも　誰の胸のうちにも棲むのは
ひばりが青空高く姿も消えんばかりに上がり
声を限りにその歌をうたう時
樅《もみ》の樹に覆われた嶮しい山々の上を
一羽の鷲が翼を拡げ悠々と輪をえがく時
そして野を越え　海を越え
鶴がひたすら故里を目ざす時

われもまたあの如く　高く遠く飛びたきものを　と願う心だ。
ヴァーグナー　私もまた時折は妄想に似た考えにせめられますが
それほどの無謀な願いを持ったことはついぞございません。
森や田畑も見ていればすぐに飽《あ》きが来て
この先も鳥の翼をうらやむ気持になることは　決してありそうにもございません。
それに引きかえ精神の喜びは
本から本へ　頁から頁へ　私たちを導いて飽かせません！
厳しい冬の夜も優しく楽しく
聖なる幸福に包まれた生活が凍《こご》える手足を暖めてくれ
更には　ああ　もし尊い羊皮紙の一巻をひもときでも致しますれば
天のすべてがわがところに降臨《こうりん》したかの思いでございます。
ファウスト　お前は自分のうちにただひとつの衝動しか知らない。
今ひとつの衝動を決して覚えぬようにするのだな！
私の胸には　ああ　ふたつの魂が棲む！
そして互に自分の意志をつらぬこうと譲らぬのだ。
ひとつの魂は力強い愛の快楽が誘うままに
さそりの足さながらにこの現世にしがみつく。

今ひとつの魂は塵《ちり》の地上を力強く蹴って
貴い祖先たちの棲む境界へと飛翔する。
おお　もし大気のうちに霊たちが飛びかって
天地の間を取りしきっているのであるなら
霊たちよ　金色《こんじき》にかすむ雲間より降りて
俺を新しい目もくらむ生へと導いて行ってくれ！
おお　せめて魔法のマントがわが手にあって
俺を見知らぬ国々へ連れて行ってはくれぬものか！
俺にとっては如何《いか》に高価な衣裳も　たとえ国王のマントも
そのマントほどに有難いとは決して思えぬ。
ヴァーグナー　やめて下さいまし　先生！
天と地の間の靄《もや》のなかに群がり　拡がり　流れて
世界のあらゆる隅々から人間にむかって無数の危険を送ってよこす
あのよく知られた悪霊《あくりょう》たちの群れを呼び出すのは！
北からは鋭い悪霊の歯が吹きつけ
舌を矢のように研ぎすませてひとを襲います。
東からはすべての水気を吸いとる悪霊どもが押しよせ

ひとびとの肺の血を干からびさせて太ろうとします。
沙漠からの南風に乗ってくる一群が
頭も割れんばかりの熱気を吹きつけるとすれば
西風に乗ってくる一群は　ひと時われらを甦らすかと見せて
たちまち野も畑も人も水に漬けてしまうのです。
彼らは折あらばひとに害を与えんと　耳を澄ませて折を窺《うかが》い
われらの希望に耳傾けるかのごとくして　われらを欺《あざむ》かんと待ちかまえています。
彼らは天からの使いであるかの如く振舞い
欺く時もその言葉に天使のような優しさをこめるのです——。
けれども　もう参りましょう。すっかり薄暗くなりました。
空気は冷え　霧が出て参りました！
夕暮になるとわが家が無性に恋しくなります——。
何でございますか　何を驚いたように御覧になっていらっしゃるのですか？
いったい何でございます　この夕闇のなかで　そんなに心を奪われたかのように？

ファウスト　黒い犬が苗と切株の間をうろついているのが見えないかね？

ヴァーグナー　ずっと気がついてはおりましたが　格別かわった犬とも思えません。

ファウスト　よく観察するのだ！　あの犬を何と見る？

ヴァーグナー　普通の尨犬《むくいぬ》でございましょう。いかにも尨犬らしく
主人の足跡を探しまわっている様子でございます。
ファウスト　判るか　あの犬は大きな渦巻を描きながら
じりじりとわたしたちの方に近づいてくる。
わたしの見違いでなければ　あいつは自分のあとに
炎の渦を帯のように引きずっている。
ヴァーグナー　わたくしの眼に見えるのは黒い尨犬だけでございます。
おそらくは先生のお眼の迷いかと存じます。
ファウスト　あいつはわたしたちの足元に目立たぬ魔法の環をめぐらせて
わたしたちと先の約束を固めるつもりらしい。
ヴァーグナー　わたくしの思いますに　主人を見失ってしまったので
見知らぬ二人のまわりをおどおどと跳《は》ねまわっているのでございましょう。
ファウスト　輪が縮まってきた。寄ってきたぞ！
ヴァーグナー　やはりただの犬で　悪霊などではございません。
唸《うな》って　かぎまわり　腹を地につけて坐り込む。
尾っぽを振る。みんな犬なら普通の仕草でございます。
ファウスト　さあ　こっちにこい！　仲間に入れ！

ヴァーグナー　尨犬らしい滑稽な奴でございますよ。
先生が立ち止まれば　その前にかしこまる
話しかければ　飛びついてくる。
落し物をなされば　きっと探してくるし
棒を投げれば水の中へでも飛び込みましょう。
ファウスト　お前の言うとおりかも知れん。すべてはただ仕込まれた通りで
悪霊らしいところは何もないようだ。
ヴァーグナー　よく躾《しつ》けられた犬は
賢者にさえも可愛がられると申します。
この犬ならば先生の御好意にもふさわしゅうございましょう。
犬は学を修めるもののよき学僕でございますから。

　ふたりは市門をくぐって、なかへ入る。

書　斎

ファウスト（尨犬《むくいぬ》を連れて登場）

わが去りしあとの野や畑は
いまや深い夜に覆われた。
夜は予感にみちた聖なる戦《おのの》きでわたしたちの心を充たして
よりよき魂を目覚めさせる。
荒々しい衝動 制御を知らぬ行為への欲望は
いまは深く眠り込み
ひとびとへの愛が甦り
神への愛が目覚める。

静まれ　尨犬！　そうあちこち駈けまわるな！
何故敷居をそう嗅ぎまわる？
煖炉のうしろにおとなしく座れ

ほら　最上の座蒲団を呉れてやる。
その山道では飛んだり跳《は》ねたりで
俺たちを楽しませてくれたお前だが
今度はおとなしい客になって
俺の歓待を受けるがよい。

　ああ　この狭い書斎に
ランプがまた優しくまたたき始めると
胸のなかに明るい光が拡がり
心も自分を取り返してくる。
理性が再び言葉を発し始め
希望もまた新たな花を咲かせる。
そして生のせせらぎへ　生の源泉へと
ああ　憧れが目覚める！
唸《うな》るな　尨犬！　いま神聖な響きが
俺の魂を包んでいる。

けものらしく騒ぎ立ててそれを乱すな！
人間が相手なら慣れている。
自分の理解を越えることは軽蔑し
善と美も自分に都合が悪ければ不平を鳴らす
それが人間の常だが
犬までもがそれを真似て唸るのか？
1210 しかし　ああ！　早くも　わが胸は乾き
心を充たす恵みの水は如何《いか》に努めても湧き出そうとしない。
何故こうも早く流れは涸《か》れ
わたしたちは渇きのなかに空しく残されるのか？
もうこれで何度　同じ経験をくりかえしたことか。
だが　待て　これも切り抜けられぬことではない。
地上を超えるものを貴ぶことを学び
天の啓示への憧れを心に育てることだ。
そして天の啓示がどこよりも尊く美しく燃え上がるのは
この新約の書をおいて外にはない。

わたしの心は激しくゆさぶられる。
すべての基《もとい》たるこの書を開き
おごらぬ心をこめて　その聖なる文《ふみ》を
わが愛するドイツ語に訳すのだ。

一巻の書物を開き、仕事を始める。

まず書かれてあるのは「はじめに言葉ありき！」
ここでもう俺はつまずく！　何かよい考えはないものか？
俺には言葉がそんなに尊いとはとても思えぬ。
こんな訳文に俺は満足できない　俺の心が
聖なる霊の光にまだ明るく照らされている限りは。
よし書けたぞ。「はじめに意味ありき！」
いや　最初の一行だ　じっくりと考えよう。
筆が走り過ぎぬことが肝心だ！
神から発し　すべてを動かし創り出すもの――それは意味だろうか？
正しくはこうだ。「はじめに力ありき！」

だが　いざ書いてみると
まだ違うぞと告げるものがある。
聖なる霊の助けだ！　よし判ったぞ！
今こそ確かに書ける。「はじめに行為ありき！」

この俺の部屋に居たいというのなら
尨犬め　吠えるのをやめ
静かにしていろ！
何ともうるさい奴だな
そろそろ我慢も潮時だ。
ふたりのうちのどちらかが
この部屋から出て行かずばなるまいぞ。
さあ　お客を追い立てるのは気が進まぬが
扉は明いているのだ　出て失せろ！
うむ　これは何だ！
これは自然にあることか？
これは幻か？　現実の出来事か？

尨犬め　ふくらむわ　のびるわ！
すごい勢いで大きくなって行くぞ
これは犬なんてものじゃない！
何て化物を入れてやってしまったことか！
もうナイル河の人喰い河馬《かば》も負けそうだ
眼が燃え上がり　歯を恐ろしくむき出している。
よし　もうお前は俺の手の内だぞ！
こうした地獄生まれの出来そこないには
ソロモンの呪法が打ってつけだ。

霊たち（廊下で）
なかで一匹つかまってるぞ！
気をつけろ　奴の二の舞いにならぬよう！
わなにかかった狐のように
地獄の古山猫がふるえている。
さあ　いいか！
あっちに漂え　こっちに漂え

浮び上がるのだ　沈み込むのだ
こうしてりゃ奴は抜け出すぞ。
さあ手を貸してやれ
奴をほっておくな！
俺たちみんなのために
随《ずい》分《ぶん》と役立ってくれた旦那だ。

ファウスト　まず天と地の四大元素の呪文をとなえ
このけものを試してみよう。

火の精よ　燃え立て
水の精よ　渦を巻け
風の精よ　吹き過ぎよ
地の精よ　営み勤めよ

この四つの精を知らず
その成り立ちも知らず

その力も知らず
その性質も知らぬものには
霊どもを支配することは
決してできぬ。

炎のなかに消えよ
火の精！
せせらぎ流れよ
水の精！
流れ星となって光れ
風の精！
ひとびとの営みを助けよ
地の精よ　地の精！
まことの姿を現わし　悪業をやめよ。

四つの精のどれひとつも
このけもののなかにひそみはせぬな。

尨犬め　のんびりと寝て　にたにた笑いで俺の顔を眺めている。
こいつには何ひとつ応《こた》えていないのだ。
よし　もっと強い呪法を
聞かせてやるぞ！

なんじは　かの
地獄の一族の輩《やから》か？
ならばよし　この聖十字のしるしを見よ
魔の軍勢の誰もが
身を屈せずには居《お》られぬしるしだぞ！

もう毛を逆立ててふくれ上がり始めた。

悪に堕《お》ちたるものよ！
なんじはこの方が見わけられるか？
生まれずして既にあり給《たも》うた方
言い尽くされえぬ方

無窮《むきゅう》の天地のすべてに浸みわたり給《たも》う方
冒瀆《ぼうとく》の刃《やいば》に刺し貫《つらぬ》かれし方を！
奴め　煖炉のうしろに追いつめられて
象のようにふくれ上ってるわ。
この書斎いっぱいに拡がって
霧になって流れ散るつもりか。
そう天井までも伸び上がるな！
巨匠の足元に身を伏せるのだ！
俺の脅しが口先だけでないと骨身にしみただろう。
聖なる炎でお前を焼き尽すぞ！
三位一体のしるしの放つ光をその身に受けるまで
正体を現わすのをためらっているつもりか！
わが呪術の最強の力を受けるまで
なお　ためらい続けるつもりか！

メフィストーフェレス（霧が散るとともに据置煖炉の背後より遍歴学生の装束で現われる）
大騒ぎは御無用。して何の御用でございますかね。

ファウスト　成程これが尨犬の正体か！
旅の学生とは　笑わせる恰好だ。
メフィスト　先生の学識には敬意を表します！
したたか汗をかかされました。
ファウスト　お前の名前は何だ？
メフィスト　　　とはまた小さなおたずね。
言葉などは軽蔑なさり
すべての仮象は遠ざけて
存在の深みを目指す御方と思っていたが。
ファウスト　お前方のような輩《やから》は
名前を聞けば本質も判るというものだ。
蝿《はえ》の神　ぶちこわし屋　まやかしものと聖なる者にも呼ばれ
その名が立派に体《たい》を表わしている。
だがまあいい。それでは　お前は何なのだ？
メフィスト　　　私はあの力の一部分
常に悪を欲し常に善をなす　あの力の一部分です。
ファウスト　その謎めいた言葉で何を言おうというのだ？

メフィスト　私は常に否定する精神です！
しかもそれは当然の理由あってのこと。というのは
およそ生まれ出《いず》るものはやがて破滅するのが世の定め
だから何も生まれてこぬほうがましなのですがね。
という訳で　貴方がたが罪と呼び
破壊と呼び　つまり悪と呼ぶもののすべてが
私の得意の分野なのです。
ファウスト　お前は自ら部分と名乗りながら　丸ごとここにいるではないか？
メフィスト　ささやかな真実を申し上げているまでのこと
人間は愚かにも自分を小宇宙と思い込み
ひとつの全体だと思い上っていますがね――。
私は　かつては全体であった部分の更に一部分
私はあの闇の一部分なのです。闇こそが光を生んだのですが
高慢な光は今や母なる夜からその古き優位を
その支配圏を奪おうとしています。
が　それが成功することはありますまい　いくらあがこうとも
光は物体にとらえられ　物体にしがみついているほかないのですから。

物体から放射され　物体を美しく輝かせ
物体によってさえぎられる
という訳だから長続きするはずはない
光は物体と一緒に破滅するにきまっているのです。
ファウスト　それでお前の結構な役柄は判った！
大きなところでは何ひとつ破壊することができないから
小さなところから始めようという訳だな。
メフィスト　もちろん大したことはできやしません。
無に対抗するこの世界
こいつがどうにも鈍《にぶ》い奴で
あれこれ色いろやってはみたが
どうやったら始末できるのか？
波に嵐に地震に火災　みなくり出しても
大地と大海原《おおうなばら》はゆるぎもせぬ！
それに輪をかけ腹立たしいのは動物たちと人間たち
こいつらを片付けるのは至難の業《わざ》。
片っ端から墓へ放り込むのだが

新しい血がどんどん甦ってくる！
こんな具合じゃ気が狂ってしまいそうだ！
大気からも水からも大地からも
幾千もの芽が生えてくる
乾湿 寒暖おかまいなしだ！
これで火だけはこっちのものだからいいようなものの
そうでなけりゃお手上げのところでした。
ファウスト お前はあの永遠に活動する力
すべてを癒《いや》し創り出す力に反抗して
冷たい悪魔のこぶしを振り上げている訳だろうが
無駄なことだ どんなに悪計を凝《こ》らして力んだところで！
別のことを始めるのだな
混沌《こんとん》の奇妙な息子よ！
メフィスト いやまったく一度考えてみねばなりますまい
今度の折にまた御意見を伺います！
今日のところはこれで失礼させて頂けましょうか？
ファウスト 何で聞くのか俺には判らぬ。

もう知り合いにはなったのだから
来たい時に訪ねてくるがよい。
窓はここだし戸はそこだ。
煙出しだってお前には出口になろう。
メフィスト　白状いたしますと　ちょっとした差しさわりが
私が出て行くのを邪魔しております。
敷居に刻まれたあの魔除《まよ》けの印が——
ファウスト　星形がお前を痛めつける？
おい説明してくれ　地獄の息子よ
これに足がすくむのなら何で入ってこられたのだ？
お前のような霊がどうして捕まる破目になったのだ？
メフィスト　よく見て下さい！　線の引き方にぬかりがあるのです。
外側にむいた尖端が
ほら　少しあいているでしょう。
ファウスト　偶然がうまくやったという訳だ！
では俺の虜《とりこ》だな　お前は？
思いもかけぬ獲物を得たものだ！

メフィスト　尨犬は気づかずに飛び込んだが
今や事情が変ってしまい
悪魔は閉じ込められたという始末です。
ファウスト　だが何故窓から出て行かぬ？
メフィスト　悪魔幽霊には規則がありまして
忍び込んだところから出なければなりません。
入る時は自由だが　出る時は縛られた身の上なのです。
ファウスト　地獄にも法があるのか？
そいつは結構だ　じゃお前方紳士諸氏とは
契約だって何の心配もなしに結べる訳か？
メフィスト　私共の御約束したことは　必ずたっぷりと楽しんで頂きます
かけらひとつだって値切りゃしません。
だが事柄は多少複雑でして
そのことにつきましては　また近いうちに御相談に上がります。
今日のところは平《ひら》に御免こうむって
どうか引きとらせてやって下さいまし。
ファウスト　いやまぁ　今少し待て

まずは面白い話を聞かせてくれたってよかりそうなものだ。
メフィスト　今はどうかご勘弁！　またすぐやってきます
その時は何なりとおたずね下さい。
ファウスト　俺がわなをしかけた訳じゃない
自分で落し穴へ飛び込んだのだ。
悪魔を折角摑《つか》まえて　そう簡単に逃《のが》すものか！
次はいつ摑まえられるか　すぐには判らぬ代物《しろもの》だ。
メフィスト　それほどおっしゃるなら覚悟を決めて
ゆっくりここでおつき合い致しましょう。
但しお許しをば頂いて　お慰みまでに
わが魔術の数々を披露させて頂きますがね。
ファウスト　喜んで見物しよう　好きなようにやってくれ
但しつまらぬのは御免だぞ！
メフィスト　さあ　これからの一刻に
貴方の官能が楽しむものは
平凡な一年分をはるかに越える。
優しい霊たちがその歌に乗せ

運んでくる美しい風景 姿形《すがたかたち》の数々は
空しい幻では決してない。
鼻に忍び寄るかぐわしい匂い
舌を喜ばすその味わい
目覚めて燃え上がる肌の戦《おのの》き。
準備は何も要らない
みな集ったぞ さあ始めろ！

霊たち 消え失せよ なんじ
　ほの暗き書斎の厚き天井よ！
　魅惑に充ち 優しさをこめ
　青き蒼穹《そうきゅう》よ
　われらが上に拡がれよ！
　暗く重き雲は
　散って流れよ！
　小さき星々は遠くきらめき
　諸惑星はその間にあって

穏やかな輝きを送る。
霊の美しさに充ちた
天の子らが
ゆらゆらと身を傾け
彼方《かなた》へと漂い去る。

あくがれる心は
そのあとを慕《した》い　したがい
流れる衣《ころも》の
ゆれる裳裾《もすそ》が
野や畑を覆い
緑の庭亭《あずまや》を隠し
恋人たちはその蔭《かげ》に坐して
深き思いに沈み　その生涯をかけ
心も身も与え合う。

庭亭は立ち並び

葡萄の蔓《つる》は新しき芽をふく。
たわわに実るその房は
今にも圧搾《あっさく》せんと待つ
搾《しぼ》り桶のなかへ落ち
泡立つ美酒は溢《あふ》れ流れて
小川となり
純に気高き石の狭間《はざま》を
せせらぎ走り
山々を
背後に残し
拡がりて湖となり
緑なす丘々の
姿をば優しく映す。

そして鳥たちは
うるわしき液体にのどを潤《うる》おし
太陽へ向い

明るき島々を目指し
ゆるやかに翼を拡げる。
波々に
身をゆする島の数々。
島々に
歓びの声あがり
緑の野に
人々は集《つど》い踊り
青き空の下《もと》
遊び楽しむ。
山々に
登る人あり
湖に
泳ぐ人あり。
散策の人々もあり
すべてみな生を楽しむ。
慈《いつく》しみの星輝く彼方へ

優しき至福の彼方へ
　みな　あくがれる。
メフィスト　眠っている！　よくやった　お前たち　空《くう》に漂う優しい子供ら！
よく精出して　寝かしつけてくれたな！
歌ってくれた恩は忘れないぞ。
お前はまだ悪魔を摑まえておけるほどの男じゃないわ！
甘い夢幻でこいつをたぶらかし
迷いの海へ沈めてしまってくれ。
さて　この敷居の封印を解くのには
まだねずみめの歯が必要だ。
長々しい呪文は要らぬ
もう一匹がたがやってきて聞耳を立てている。

ねずみ族　蠅族　蛙族に
南京虫　しらみ一族を支配する
大王さまの命令だ
すぐ出てきて　この敷居をかじれ。

こうして油を一滴　ここにたらしてやれば――
もうやってきたな！
そら仕事にかかれ！　俺の邪魔になるのは
その角のいちばん先だ。
もうひとかじりだ　それでよし――。
さあファウストよ　夢に溺れていろ　また会う時まで。

ファウスト（目覚める）またもだまされたのか？
霊たちの訪れの熱い気配《けはい》も
夢に悪魔を見せつけられ
尨犬一匹逃げ出しただけで終ったのか？

書斎

ファウスト。メフィストーフェレス。

ファウスト　戸を叩く音かな　あれは？　入れ！　誰だ　また邪魔をする奴は？
メフィスト　私です。
ファウスト　　　　入れ！
メフィスト　　　　　是非とも三度言って下さい。
ファウスト　入れ　さっさと！
メフィスト　　　　　これは有難きご親切でした。
この分ならきっと仲よくやって行けましょう！
実はあなたの不機嫌をば追い払おうとて
こうして貴族の姿で参ったのです。
金で縁取りした赤の上衣に
マントは腰の強い絹仕立
帽子にゆれる雄鶏《おんどり》の羽根
先の尖った細身の剣《つるぎ》——
そこで手早くお勧めしますが
あなたもこれと同じ身なりになって
世の約束事は打ち捨てて
生きるとは何か　ざっくりと経験なさることですな。

ファウスト　どんな衣裳を着込んだところで狭い地上に生きる身だ
この胸の苦痛が消えることはあるまい。
遊び暮すには年を取りすぎたが
望むことなしに生きるにはまだ若すぎる。
この世が俺にいったい何を呉れる？
欲しがりすぎるな！　欲しがるな！
それが　誰の耳にも休みなく
生まれてから死ぬまで　絶え間なく
しゃがれた声で響き続ける
あの永遠にくりかえされる歌なのだ。
毎朝俺は目覚めて驚愕《きょうがく》に眼を見開く　苦《にが》い涙がほとばしる
俺の前にはわが願いのひとつだに　ただひとつだに
決して充たされることのない一日が待ちかまえている。
心にふくらむ楽しみの予感さえも
片意地な批評で萎《な》えさせてしまう一日が
湧き立つ胸が創ろうとする想念の構築物を
日常の雑事がたちまち崩してしまう一日が

これ見よがしに待ちかまえているのだ。
そして夜が来れば
不安に震えながら臥床《ふしど》に横たわり
安らぎに心を慰められることもなく
放恣《ほうし》な悪夢にくりかえしうなされる。
わが胸に住む　あの神は
俺のなかに深い望みを呼び起こし
俺の諸々《もろもろ》の力をすべて支配しながらも
外部世界に向っては何ひとつ働きかけることができない。
地上に生きることは重荷だ
死こそ望ましく　生はわが憎しみだ。
メフィスト　とは言いながら死が歓迎されたためしはありませんなぁ。
ファウスト　おお幸いなるかな　勝利のさなかに
死がその額に血まみれた月桂冠をかかげるものは！
目くるめく激しい踊りの果てに
少女の腕に抱かれながら死に出会うものは！
おお　俺もまた　崇高な地霊の力の前に立ったあの時

魅惑に魂を奪われたまま死にえたのであったならば！
メフィスト　にもかかわらずあの夜あの時
褐色の液を飲み干さなかった方が居《お》りましたなあ。
ファウスト　覗《のぞ》き見がお前の趣味か。
メフィスト　全知全能とは行かずとも　色いろ耳に挟むことは多いほうでしてね。
ファウスト　あの恐ろしい心の惑乱から
甘く懐しいひとつの歌が俺を救い出し
楽しかった時代の名残りの響きで
子供らしい感情の余燼《よじん》をかき立て欺《あざむ》いたのだったが
だが俺は今　そのすべてを呪う！
人間の魂をまやかし細工でたぶらかし
口当りのいい言葉で惑わして　肉体という
この悲しみの穴ぐらへ縛りつけるもののすべてを！
呪われろ　何よりもまず　精神が自らのまわりに
おめでたくも廻《めぐ》らす自負の思いよ！
呪われろ　われらの官能を圧倒し
目くらます地上の幻影の輝きよ！

呪われろ　われらに媚びる
現世の栄誉と死後の名声の夢よ！
呪われろ　われらが心に甘く囁《ささや》く
妻子供《こども》　奴婢《ぬひ》農地　所有の魅惑よ！
呪われよ　財貨よ　たとえわれらを
その力で大胆なる行為に駆り立てようとも
あるいはまた放恣なる身の安逸《あんいつ》な日々のために
甘やかに心地よき家具の数々を揃えようとも！
呪え　葡萄の香り高き果汁を！
呪え　あの比べるものなき愛の魅惑を！
呪え　希望を！　信仰を！
そして何よりも呪え　忍耐を！

霊たちの合唱（姿は見えぬまま）災いかな！　災いかな！
なんじはかの美しき世界を
その力強きこぶしもて
打ちこぼちぬ。
半神は世界を砕き

美しき世界は千々《ちぢ》に崩れ落ちぬ！
われらその千々の破片を
無の世界へと運び去り
失われし美を
嘆き悲しむ。
地上の子らのうちにありても
ひときわ力強く優《まさ》れるものよ
美しき世界を今ふたたび
なお華やかに築き直せよ
なんじが胸のうちに築き直せよ！
澄み渡りたる官能をもって
新しき人生の航路へ
いま船出せよ
新しき歌が
門出を祝って鳴り響かん！

メフィスト　あの歌声は私どもの小さな連中です。

お聞きなさい 快楽と行為へと
ませた口ぶりで勧めてますよ！
官能も体液も淀んでしまう
しんねりむっつりの孤独から
広い世界の真っ只中へ
連中はあなたを誘っているのです。

ふさぎの虫とじゃれ合うのはおやめなさい
そいつは禿鷹《はげたか》みたいに あなたのいのちを食い荒しますぜ
どんな他人だっていないよりまし
仲間あっての人間だってことを思い出させてくれますからね。
とは言っても何もあなたを
愚民の仲間に押し込もうって訳ではありません。
私はお偉方じゃ もとよりないが
あなたさえ私と手を結び
この人生を闊歩してみようというお気持なら
今すぐにでも喜んで

あなたに仕える身になりましょう。
私をあなたの道連れとされ
その取はからい諸事《しょじ》万端《ばんたん》お気に召して下されば
私めを召使　いや奴隷とお思い下さって大結構！

ファウスト　それで俺が約束するものは何だ？

メフィスト　お急ぎには及びません　ずっと先のことでして。

ファウスト　駄目だ　駄目だ！　悪魔はエゴイストだ！
他人のためになることを
そうたやすく損得抜きでやるはずはない。
はっきり条件を言うのだ。
こんな召使は　とかく危険を家へ持ち込むものだ。

メフィスト　この地上では　すべてあなたのおっしゃる通り
粉骨砕身《ふんこつさいしん》あい勤めます。
向うでまたお会いしたその時は
同じことを逆にお願いすると致します。

ファウスト　向うのことはどうでもいい。
お前がこの世を粉々にできた暁に

あの世がそこに生れるというなら　それもよし。
だが俺の喜びはただこの大地から生れ
この世の太陽だけが俺の悩みを照らすのだ。
この天地から別れてしまうことがあるのなら
そのあとは何が起きようとも構うものか。
向うの世にも愛があり憎しみがあるのか
天地上下主人奴隷があるのか　ないのか
そんなことに貸す耳を
いま俺は持たぬのだ。
メフィスト　それならためらうことはない。
さあ契約だ。　この地上にある限りの日々
私の魔術の数々を楽しませて差上げます
人間がまだ見ぬものを見るのです。
ファウスト　何を見せようと言うのだ　あわれな悪魔めが?
高きを求めてやまぬ人間の精神が
お前の一族にかつて理解できたためしがあったか?
それともお前は提供できるのか

いくら食べても決して満腹しない食物を
水銀の如くせわしなく手から流れ去る黄金《おうごん》を
決して勝つことのない賭け事を
俺の胸に抱かれながら既に
隣の男と約束の目くばせを交《か》わす少女を
流れ星にも似て一瞬輝き
そして消え去る名声の　神々の如き快楽を？
見せるがよい　もぎとるより早く腐りつぶれる果実を
日々立ち枯れ　日々また新たに緑を芽ぶく樹々を！
メフィスト　そうした頼み事ならびっくりは致しません
お望み通りのものを出して差上げられます。
だが　まあ　親愛なるファウスト先生
やがて良いものを静かに味わいたいと思う時も来るものですよ。
ファウスト　俺が仮にも平和な気持で怠惰《たいだ》に寝そべる日が来たならば
すぐにも俺は破滅してよい！
お前のへつらいが俺を欺き
俺が仮にも自分に満足する日が来たならば

俺が仮にも享楽にあざむかれる日が来たならば
その日こそ俺の最後の日であれ！
さあ　賭を！

メフィスト　　　よし賭けた！

ファウスト　　　たがえるまいぞ！
俺が仮にも将来ある瞬間に向い
留《とど》まれ！　お前はあまりに美しい！　と言ったなら
もう俺はお前のものだ
俺は破滅に甘んじる！
その時は葬送の鐘よ鳴り響け
時計よ止まれ　針よ落ちよ
お前は俺への奉仕から解き放たれ
わが時は終ったのだ！

メフィスト　いいのですかな　言われたことは忘れませんよ。

ファウスト　忘れなくて結構だ
言葉のはずみで言ったのではない。

現在に執着する時　どうせ俺は奴隷だ。
どこが違おう　お前の奴隷か他のものの奴隷かで？
メフィスト　ではもう今日の新博士さま誕生の祝宴から
召使として甲斐がいしく勤めましょう。
ただその前に　神に誓って悪魔にかけて　あとひとつだけ！
どうかほんの一行か二行　ペンを走らしてお呉れなさい。
ファウスト　書付けまで要るのか　小心者め
男とは何か　男の一言《いちごん》とは何かを知らぬのか？
充分ではないのか　俺の口を一度はなれた言葉は
永遠にわが日々を支配するというだけでは？
世界は時の奔流のなかを流れ行く
というのに　ひとつの約束が俺を永久に縛るのだろうか？
いや　だが　この思い込みはわれらみなの心にひそんでいて
誰しもそこから自由になりたいとは思わぬ。
約束を胸に堅く守り続けるものは幸いだ
いかなる犠牲も彼は悔いることがない！
だが書かれ印を押された一片の羊皮紙は幽霊にも似て

誰もがその前にたじろぐ。
言葉は既にペンのうちに死に
封蠟《ふうろう》と鞣皮《なめしがわ》が支配者となる——。
何がいいのだ　悪しき霊め
青銅か大理石か羊皮紙か紙か？
のみか　たがねか　ペンか鉄筆か？
何でもお前の好きにしてやるぞ。
メフィスト　何でまあそうすぐにむきになって
かっかと大演説をぶつのです？
どんな紙だって構いません。
ほんの一滴血をたらして　署名して下さい。
ファウスト　それでお前の気が済むのなら
馬鹿げたことだが　やってやろう。
メフィスト　血という奴は特別なもので。
ファウスト　俺が裏切るなどとは要らざる心配だ！
俺の約束したことこそが
力のすべてをかけて俺の求めていることなのだ。

俺は今まで自分をあまりに高く買いかぶり過ぎてきた
俺の力はせいぜい　お前と肩を並べる程度なのだ。
偉大な地霊に俺は軽蔑され
自然は俺に対し己《おの》れを閉じた。
わが思考の糸は断ち切られ
知識はもはや吐き気を催《もよお》させるだけだ。
今はただ官能の深みに降りて
この燃え上がる情熱を静めてやろう。
窺《うかが》い知れぬ魔法のうちに
次々と不可思議のことをこそ用意しろ！
さあ二人して　時のざわめきのうちへ身をおどらし
転がり進む事件の渦に身をゆだねよう！
そうすれば苦痛と享楽が
成功と失意とが
相競い訪れ去って行くだろう。
休みなく活動してこそ男なのだ。
メフィスト　あなたには目的も制約もつけません。

盗み食いも自由なら
逃げるついでの駄賃も手当り次第
気に入るものはみんな頂き。
だから抜け目なくおやりになることですな！

ファウスト　いいか聞くのだ　喜びなどは要らぬのだ。
目くるめく陶酔　苦痛に充ちた享楽
酬いられぬ恋の憎しみ　憤怒《ふんぬ》のもたらす清冽《せいれつ》さ
それが俺の身を献《ささ》げるものだ。
知識欲から癒《いや》された俺の胸は　どんな苦痛をも　もう避けぬ
人類に定められたあらゆるものを
俺は自分のうちに味わい尽す
人間の善も悪もわが心で知り尽し
人間の仕合せも悲嘆もわが胸に積み重ね
自分のおのれをそのまま人類のおのれへと拡げ
そして遂には人類の破滅とともに俺もまた砕け散るのだ。

メフィスト　まあお聞きなさい　この私は幾千年もの間
この世界という堅い食い物をしがんできたが

ゆりかごから棺桶まで全生涯をそれにかけても
この古いパン種を消化し切れた人間には　お目にかかったことがありませんぜ！
悪魔の言うことには耳を貸すものだ
この全体って奴は神さま向きにできてるんですよ！
神さまだけが永遠の光のなかにおわしまし
私らのことは暗闇へ追いやって
あなた方には昼と夜とが代るがわるって寸法だ。

ファウスト　だが俺はあきらめぬ！

メフィスト　　　　　　　とはご立派です！
ただひとつだけ心配なのは
光陰は矢の如く　学業は成り難し。
余計な差出口を申しますが
例の詩人とかいうのと手を組んで
空想の翼をのばしてもらい
ありとあらゆる能力美質
獅子《しし》の勇気に
鹿の素早さ

イタリヤ人の燃える血汐に
北方人のねばり強さ
すべてをあなたのおつむに積み上げてもらい
慈悲の心と奸策をひとつに結ぶ秘密の法と
青春の五臓六腑《ごぞうろっぷ》を燃え上がらせつつ
しかも予《あらかじ》めの計画通りに惚れ込む秘術とを
見つけ出してもらうことですな。
私としてもそんな御方になら会ってみたい
小宇宙先生と御呼び申しも致しましょう。
ファウスト　俺という存在はいったい何なのだ
俺のうちのすべての官能がそれを目指し殺到する
人性の極限を手にすることができないのならば？
メフィスト　あなたは結局の所——あなたなのですよ。
幾百万の巻き毛で飾られたかつらを頭に載せようとも
何尺ある高下駄をはこうとも
あなたはやはり相変らずのあなたなのです。
ファウスト　そうらしいな　どうやら俺はまったく無駄に

人間精神のあらゆる宝をわが一身に集めてきたようだ
いざ本腰をいれて自分の仕事にとりかかってみれば
もう内からは何ひとつ　新しい力が湧いてこない
毛ひとすじ背が高くなった訳でもないし
無限なる御方にひと足近づいたという訳でもない。
メフィスト　善良なるファウスト先生　あなたのものの見方は
世の人の見方と少しも変りないですなあ。
人生の喜びが逃げ去る前に
もう少し頭を使わなければいけません。
何てことです！　もちろん両腕　足のすね　頭にしの字
みな自分のものに違いはないが　それらに限らず　何にせよ
この私が思うままに使って楽しむものならば
やはりすべては私のものでなくしていったい誰のものですか？
馬を六頭やとえる金さえ持てば
馬六頭の力は私のものですぜ。
六頭立の馬車を疾駆《しっく》させる私めは
二十四本足の伊達男《だておとこ》という寸法です。

だから　さあ元気を出して！　無駄な思案はもうやめにして
ただまっしぐら人生へ飛び込みましょう！
いいですか　思案の虫に取りつかれた奴は
荒野のなかをぐるぐると
悪霊《あくりょう》に引っぱりまわされている牛みたいなもので
緑に萌える美しい草地がすぐまわりにあることを知らないでいるのです。
ファウスト　では　どうやって始めればいい？
　　　　　　　　　　　　　　待ったなしの出発です。
メフィスト
ここはまあ何てひどい所だ？
こんなところで自分も生徒も退屈させて
人生なんて見つかりゃしません。
そんなことは仲間の太鼓腹《たいこばら》先生にでも任せておきなさい！
実入らずのわらしべこくのに　汗を流して何になります？
自分の知った最高のところは
青二才どもに洩す訳には行かんじゃないですか。
ほらまたひとり廊下をうろついているのが聞えますぜ！
ファウスト　俺は到底会う気になれん。

メフィスト　可哀想に　あの若いのはずいぶん待っていましたよ
ちょっくら慰めてやらずばなりますまい。
さあ上衣と帽子を貸して下され
この借着ならしっくり似合うに違いない。

メフィストーフェレス着換える。

あとは私の智恵におまかせあれ！
ほんの十五分ばかりもあれば充分
その間に素敵な旅の御用意を！

ファウスト退場。

メフィスト（ファウストのガウンを着て）
軽蔑するがよい　理性と知識
この人間の最高の力を
そして偽りの霊の力を借りて

まやかしの魔術のなかでおのれの力を誇るがよい
その時お前はもう間違いなく俺のものだ――。
運命が彼に与えた精神は
すべての束縛を断ち切って前へと進み
その余りに性急な求めようは
地上の喜びの枠をはね飛ばしてしまう。
俺はあいつを放埒《ほうらつ》な生のなかへ引きずり込み
ありふれたお楽しみ事の間を引きずりまわしてやろう。
もがくがいい　立ちすくむがいい　しがみつくがいい
飽《あ》くを知らぬあいつに見せてやる
飢え渇く唇の前に漂う　酒と料理の幻を。
あいつはせめてひと口の清い水を空しく求めて苦しむのだ
たとえ悪魔に身を任せなかったとしても
あいつの地獄行きは避けられるものか！

学生が入ってくる。

学生　最近ここに参ったものですが
会うひと誰もが深い尊敬の念をこめてお名前を挙げる
その御方にお会いしたい　お話も伺いたいと
こうして恭《うやうや》しく罷《まか》り出ました次第です。
メフィスト　丁寧な挨拶で痛み入る！
わしとてほかの教授連と変りはない。
よくあちこちを覗いてみたかな？
学生　お願いです　どうか先生の御弟子に加えて下さい！
元気は一杯　学費もどうやら
血をわかせて　故郷を離れて来たのです。
母はそばにいて呉れなどと申しましたが
この地で是非とも学を成すのがわが願いです。
メフィスト　それならば正しい土地を選ばれたな。
学生　正直言えば　もう逃げ出したく思っています
この厚い壁　この暗い部屋
どうも気持が弾《はず》みません。
何とも狭っくるしい建物で

外には草地も樹の影もない。
教室の椅子に坐っていると
聞けど聞えず眼も霞《かす》み　働く頭も働かなくなります。
メフィスト　それはただ慣れの問題じゃ。
赤ん坊とて母親の乳房に
初めから喜んで吸いつきはせぬが
すぐに夢中で吸うようになる。
叡智《えいち》の胸への抱かれ心地は君がたにも
日ましに快《こころよ》くなってくるだろう。
学生　学問の首ねっこに　ひたすらすがりつきたい思いです
だがまずどうか御教示下さい　どうしたら見事そこまで手が届きましょう?
メフィスト　まあその前に言ってみたまえ
君は何科を選ぶつもりかね?
学生　ともあれ大学者になりたいのです
地上のことも天上のことも
人間の知識も自然の在りようも
みんな勉強したいのです。

メフィスト　それこそが学問の正道だ
だが気を散らしている閑《ひま》はないぞ。
学生　身も心も打ち込んで　ひたすら勉強するつもりです
でももちろん楽しい夏の休暇などには
ちょっとは気ままな遊び事も
やってみたい気も致します。
メフィスト　時間を無駄に逃さぬことだ　時の経つのは早いぞ
だが秩序立ててやれば余裕も生まれる。
だからお若い方よ　忠告しよう
まずは論理学を聴講したまえ。
君の精神は鍛え上げられ　痛めつけられ
三段論法　四面四角
帰納演繹《きのうえんえき》　思慮分別
間違いなしの大道を　おっかなびっくりそっと歩み
迷い鬼火めいたジグザグ道など
決してふらつかぬようになる。
今までは恐るべし飲み食い同様

いとも気軽にやっていた日々の思案　考えも
大前提小前提　論理手順が不可欠と
年月費やして教えてくれる。
もちろん人間の思考は
織物にも似て
一歩を踏めば千の糸が動き
左へ右へと梭《ひ》が飛び交《か》い
糸の流れは眼にも止まらず
ひと打ちで千の織目ができ上がるというものなのだが
さて哲学者先生が口を出すと
すべて必然のつながりを証明せずには済まさない。
第一にこうだから　第二にはこう
しかるが故に第三第四はこの通り
もし第一第二のあってなくせば
第三第四はなくてあらん。
各地に散らばる弟子共は賞讃尊敬を惜しまぬが
それで布が織れるようになったとはとんと聞かんわ。

いのち溢《あふ》れる生の姿を知り　記そうという奴が
まず精神を追い出そうと懸命になる。
手元にはあちらの断片こちらの破片が残るのだが
残念ながら！　それを結び合わせる精神がない。
化学言うところの自然の結合力の問題だが
それぞ分離純化好きの化学の　自覚なき自己嘲笑よ。
学生　どうもはっきりとは理解できぬところがございます。
メフィスト　いやすぐに判るようになる
すべてを抽象還元分解し
分類体系基準化できる技《わざ》を習得しさえ　すればよいのだ。
学生　お伺いすればするほど混乱し
頭の中を水車がごとごと廻っているような感じです。
メフィスト　そのあとは何よりもまず
形而上学へと進まねばいかん！
人間の脳味噌では摑《つか》めぬことも
いとも深遠にとらえてみせようという学問だ
人間の頭に向いたことにも向かぬことにも

ちゃんと立派な術語が用意されてある。
だがまず何よりもこの半年は
規律正しさを身につけることだ。
一日五時間の授業を欠かさず
鐘が鳴った時にはもう席に着いている！
講義の前の予習もぬからず
教科書の一行一行をよく覚え込む
本に書いてないことは何ひとつ
教授の口から出はせぬことがよく判る。
とは言えノート取る手を休めてはならぬ
聖なる霊の言葉だと思って書き逃《のが》さぬことだ！
学生　それはくりかえしおっしゃるまでもございません！
ノートがどんなに役に立つかはよく判ります。
白地のノートに黒インキも鮮やかに書き取れば
何であろうと間違いなき真理として　安心して持って帰ることができます。
メフィスト　だがまず専門を選びたまえ！
学生　法律学研究にはどうも気が向かぬのです。

メフィスト　それはまぁ無理もなかろう
法律家がどんなものか　わしはよく心得ておる。
法律規則は世から世へ
永遠の病いのように遺伝して行き
民族から民族へとずるずるつながり
国から国へとこっそり移動する。
そうするうちに合理は非理となり　慈悲深き掟も悪法と化す。
遅く生まれた君は災いだ！
われらの時代とともに生れ出た権利など
残念ながらとんと法律学の話題になりはせぬ。
学生　そのお話で　ますます厭《いや》になりました。
先生にご指導頂くものは何と仕合せなことでしょう！
では神学でも勉強してはと思いますが。
メフィスト　君を迷わせたくはないものだ。
神学という学問はだな
ともすれば邪道へ陥りやすく
危険な毒がそこここに隠されており

しかも薬と見分けがつかないのだ。
ここでも正しい道はただひとつ
誰かの教えを聞いたらもうひと筋　ほかに耳など貸さぬことだ。
一言にして言えば――言葉を信じ　頼れ！
そうすれば安全確実の大門をくぐり
間違いなしの神殿に至ることができる。
学生　でも言葉の前にまず考えが必要と思われますが。
メフィスト　その通り！　だがあまり杓子定規《しゃくしじょうぎ》になってはいかん。
そもそもまさに考えの足りん時に
言葉が助けに駆けつけてくれるのだ。
言葉があれば論争も思いのまま
言葉があれば哲学体系も組み上がる。
言葉こそが信じるに足る
言葉は難攻不落の砦なのだ。
学生　いろいろと愚問を重ねて申し訳ございませんが
もう少しおたずねしたく存じます。
どうか次には医学について少々

力強い御意見を伺わせては頂けませんでしょうか？
三年間は短い時間
そして　おお　学問の野は広大でございます。
もしちょっとしたお教えが頂ければ
ぐっと感じが掴めて参りましょう。

メフィスト　（独白）無味乾燥なおしゃべりにはもうあきた。
悪魔の本性を現わしてもいい頃だ。
（声高に）医学の精神を理解するなど簡単だ。
大宇宙と小宇宙　自然と人間を学び尽し
その挙句《あげく》の果てに何事も
神の御心《みこころ》のままに突っ放しておけばよい。
無駄なことよ　学問学問と騒ぎ立て駆けずりまわっても
所詮《しょせん》自分の頭で学べることしか学べはせぬ。
いまこの瞬間を掴む奴こそが
立派な男と言われてよい。
君は男ぶりも悪くはないし
胆っ玉もなくはあるまい

あとは自分のことを　俺も相当なものだと思うことだ
そうすりゃ他人さまもそう思ってくれる。
取りわけご婦人方の心を摑め
あちらが痛い　こちらが苦しいと
女どもの苦情は絶え間がないが
どんな痛みだってひとつの急所でみな治る。
恭《うやうや》しさも半分ばかり　というのが大切だ。
それで女たちは思いのままよ。
肩書さえあれば女どもは易々《やすやす》と
君に優る名医はなしと信じ込む。
他の奴らは十年待ってもお許しが出ないのに
君は初対面から苦労もなしに七つ道具を撫《な》ぜまわす。
脈ひとつ取るにもしっかり手を握り
ずるく燃え立つ目にもの言わせ
柳腰にもさわり放題
紐のしまり具合を探ってみるという寸法だ。

学生　目の前がぐっと明るくなりました！　どこから手をつければいいのか　よく判り

ます。

メフィスト　すべての理論は　親愛なる君よ　灰色だ
そして生の黄金《おうごん》の樹こそが緑なのだ。

学生　ああ素晴しいご教訓に　もう夢のような心地です。
またお邪魔してよろしいでしょうか?
お教えをその根底まで究《きわ》めたいのです。

メフィスト　私にできることならば　お役に立とう。

学生　何とも立ち去り難い思いです
せめてこの訪問帳へのご記入をお願い致します。
どうか今日の記念にお言葉を下さい。

メフィスト　おお　よいとも。（記入し、返す）

学生　（読む）ナンジラ神ノ如クナリテ　善悪ノ別ヲ知ルニ至ラン。

学生、恭しく訪問帳を閉じ、別れを告げて去る。

メフィスト　わが大伯母たるあの蛇の　古き金言に従うがよい
やがては神に似たる自らの身が不安になるぞ!

ファウスト登場。

ファウスト　行先はどこだ？

メフィスト　お気の召すままです。

まず小世界　それから大世界と参りましょう。

さぁ　身銭を切る必要なしに

面白くて為《ため》になる　大勉強の始まりです！

ファウスト　だがこの長い頬ひげに慣れた俺だ

浮々とやるにも　やりようが判らん。

どうもこの旅はうまく行くまい

ついぞ世間に調子を合わせられたことがない俺なのだ。

他人の前ではつい気遅れしてしまう

どこへ行っても　無器用に黙り込むのが関の山だろう。

メフィスト　ご心配は要りませんよ　ファウスト先生

俺だってできると思いさえすれば　生活を楽しむなんて簡単です。

ファウスト　どうやってここから抜け出るんだ？

馬　馬車　お供はどこにいる？

メフィスト　必要なのはマントだけ
拡げればたちまちにして　われらを運び空を飛びます。
出発は思い切りよく大胆に
重いお荷物ばかりは願い下げです。
私めの用意になるちょっとばかりの燃え立つ炎が
われらふたりを熱気球さながらに　軽々と地上から持ち上げる。
荷が軽ければ船足もまたいと早し。
新しき御船出をば　心よりお祝い申し上げまする！

ライプチヒはアウエルバハの地下酒場

陽気な連中の酒盛り。

新入生フロッシュ　もう飲む奴はいないのか？　笑う奴はいないのか？

痛い目にあわされて吠え面かくなよ！
まるで今日は湿ったわらくずだな　みんな
いつもならぼんぼん燃え上がるじゃないか。
二年生ブランダー　お前のせいよ　調子が出てないじゃないか
いつもの阿呆お下劣ぶりはどうした。
フロッシュ（葡萄酒をコップ一杯ブランダーの頭から注《そそ》ぐ）
そらお望み通りだ！
ブランダー　下司《げす》野郎！
フロッシュ　御期待に応《こた》えて何が悪い！
先輩ジーベル　喧嘩する奴は出て行きやがれ！
みんな仲よく　お歌をうたって飲みやがれ！
さあ　ホルラア　ホ！
万年大学生アルトマイヤー　南無三《なむさん》やられた！
綿を呉れ！　耳の鼓膜が破れるぞ。
ジーベル　よく響く地下室でこそ
わが低音の威力を思い知れ。

フロッシュ　いいぞ。文句言う奴は叩き出せ！
アア！　タラ　ララ　ダア！
アルトマイヤー　アア！　タラ　ララ　ダア！
フロッシュ　　　調律完了　調子最高　さあ
（歌う）神聖ローマ帝国が
　余命保つぞ摩訶不思議《まかふしぎ》！
ブランダー　いやな歌だ　やめねえか！　ぷふい！
政治なんて最低だぞ！　神さまに毎朝感謝しろ　手前《てめえ》ら
神聖ローマ帝国の心配せずとも済む身分をな！
首相でもない皇帝でもないってのはな
ちょっくら思うに　すげえ儲けものよ！
だがやっぱり俺たちも親玉なしってのはよくねえな。
どうだ法王選挙と行こうじゃないか。
どんな飲みっぷりが資格になるか
それはみんな承知のはずだ。
フロッシュ（歌う）
　いとしうぐいす　空を飛び

彼女に挨拶とどけておくれ。
ジーベル　彼女への挨拶なんか糞くらえ！　そんなの聞きたくもない！
フロッシュ　彼女に挨拶と口づけを！　横から邪魔するな！
（歌う）かけがね外せ　夜は更けた
　かけがね外せ　恋人が来る
　夜が明けたら　かけがね下ろせ。
ジーベル　よし歌え　歌え　あんな女をほめやがれ！
こちとら今に腹をかかえてのお笑いだあ！
俺はあいつに鼻づら引きまわされたが　お前だってたちまちよ。
あいつの男にゃ魔法の小人がお似合いだ。
夜の四辻でいちゃつきやがれ！
老いぼれ好色山羊が魔法山から吹かれて過ぎりゃ
うめえお楽しみと挨拶するぜ！
一人前の血と肉そなえた男は
あの女には勿体《もったい》なさ過ぎら。
あいつに呉れてやる挨拶は
窓への石のお見舞いだけだあ！

ブランダー（卓を叩いて）
注目！ 注目！ 謹聴しやがれ！
紳士諸君 わが輩が礼儀をよく心得ているのは君らも知る通りだ。
ここに女に惚れた連中がいる
わが輩はこの連中に
連中にふさわしき贈物をばしようと思う。
いいか！ 最新流行の歌ひとつ！
くりかえし部分はみな声を限りに頼むぞ！
（歌う） 穴倉に巣食ったねずみ一匹
バタに脂の食い放題
ルウテル博士そこのけに
立派にせり出す下っ腹。
料理女に毒食わされて
身の置きどころがなくなった
胸に恋でもあるかのように。
合唱（歓声を挙げて）
胸に恋でもあるかのように。

ブランダー　かけずりまわって飛び出して
鼻を突っ込むどぶの水
かじる　ひっかく　屋敷中
いかに荒れたとて追いつかぬ。
おびえ　ふるえて　とびはねて
あわれやがては黙り込む
胸に恋でもあるかのように。

合唱　胸に恋でもあるかのように。

ブランダー　日も明るいのに不安にかられ
逃げ込む先は台所
かまどにぶつかり身をぴくつかせ
見るも無残な虫の息。
料理女の笑って言うにゃ
これにて笛の吹き収め
胸に恋でもあるかのように。

合唱　胸に恋でもあるかのように。

ジーベル　馬鹿陽気の阿《あ》呆陀《ほんだ》羅経《らきょう》め！

あわれなねずみに毒を盛るとは
まったくご立派なお話さ！
ブランダー　恋のねずみにご同情申し上げるって訳か？
アルトマイヤー　はげ頭の太鼓《たいこ》腹《ばら》め！
女に振られて涙もろくなったな。
バタで肥ったねずみを見れば
わが身のことかと思わるる。

ファウスト、メフィストーフェレス登場。

メフィスト　あなたにいま何よりもまず必要なのは
陽気な一座を覗《のぞ》いてみて
人生楽しむに苦労はいらぬと悟ることです。
この連中には毎日がお祭りです。
頭は足りずとも元気一杯
小猫が尾っぽを追いかけるように
くるくる踊りまわってご機嫌です。

二日酔の頭痛に苦しめられることさえなく
酒場につけが利く限り
心配なし大満足の連中です。
ブランダー　奴らは旅の風来坊だな
あの野暮ったい仕草で判る。
この町にゃまだ一時間と居ないぜ。
フロッシュ　お前さんの言う通り！　わがライプチヒに光栄あれ！
小さなパリたるこの町に住みゃ　みんな粋になるものなあ。
ジーベル　おい　奴らを何だと思う？
フロッシュ　まかせとけって！　ちょっくら酒をつき合って
奴らの素姓を洗ってやろう
子供に飴しゃぶらすより簡単さ。
どうやらお家柄はいいほうらしいな
何やら思い上って　あれもこれも気に食わんって顔つきだぜ。
ブランダー　何の　ありゃ香具師《やし》のたぐいさ　違いない！
アルトマイヤー　あるいはな。
フロッシュ　見てろよ　俺が締め上げてみる！

メフィスト　（ファウストに）
愚かな連中でしてね
襟髪つかまれたって悪魔とは気がつかない。
ファウスト　ご機嫌よう紳士諸君！
ジーベル　　丁寧なご挨拶で痛み入る。
（メフィストーフェレスを脇から見て、小声で）
あいつ　片脚ちょっと変なんじゃないか！　怪しいぞ　蹄《ひづめ》みたいだ。
メフィスト　ご同席してよろしいかな？
ここではまずい酒しか手に入らんが
陽気な方々と一緒ならそれも一興というものだ。
アルトマイヤー　なかなか口のおごった方たちと見える。
フロッシュ　どいなか村を遅く立たれた様子ですな
晩飯は田吾作《たごさく》どんとご一緒だった訳か？
メフィスト　今日はあそこは素通りだったが
この前の時はゆっくり話もできましてな。
お従兄弟さんたちの噂もたんと伺い
どうかよろしくとのことでした。

（フロッシュに向かってお辞儀をしてみせる）

アルトマイヤー （小声で） ほら見ろ！ なかなかやるぞ！

ジーベル 食えない奴だ！

フロッシュ うむ 何だあんな奴 この俺が負けてたまるか！

メフィスト 私の耳の迷いでなければ 各々がた声を合せての
玄人はだしの歌声が聞えていたようでしたな。
この地下の丸天井の下でなら
さぞかし歌もよく響くことでしょうな。

フロッシュ 歌にはなかなか自信がおありのようだ。

メフィスト いや滅相もない 下手の横好きというだけのこと。

アルトマイヤー ひとつ聞かせて頂きたい！

メフィスト ご所望《しょもう》ならばいくらでも。

ジーベル 但し釘も打ち立て鉋《かんな》も削り立て 最新流行の歌をお願い致したい！

メフィスト われらはスペインから戻ったところ
ほかならぬ酒と歌の花咲く国からです。

（歌う）

昔の昔 王さまが

太った蚤《のみ》を飼っていて——

フロッシュ　おい蚤だとよ　みんな聞いたか？
蚤とはひどく清潔なお客だな。

メフィスト　（歌う）
昔の昔　王さまが
太った蚤を飼っていて
少なからざるお気に入り
実の息子じゃあるまいに
王室御用の仕立屋を
お召しになって言うことにゃ
若《わか》に衣裳を裁《た》ってやれ
ズボンを縫うのも忘れずに！

ブランダー　仕立屋によく言うんだな
一厘一毛の狂いもなく寸法を取り
自分の首が可愛かったら
ズボンに皺《しわ》ひと筋よらすなとな！

メフィスト

2230

絹とビロードも美しく
衣裳は見事にでき上がり
美々しく着飾る蚤公子
胸に輝くは鉄十字
たちまち総理に任じられ
光り輝く大勲章
蚤の光は七光り
同族みなみな宮廷仕官。

困り果てたは貴賓《きひん》の方々
紳士も御婦人も大弱り
お妃《きさき》さまも腰元も
あそこを刺され　ここ刺され
ひねりつぶすは堅いご法度《はっと》
ぼりぼりかくのも　はしたなし。
気軽なるのはわれら平民
刺されりゃつぶすも勝手次第。

合唱（歓声を挙げて）
　気軽なるのはわれら平民
　刺されりゃつぶすも勝手次第。
フロッシュ　ブラボー！　ブラボー！　最高だ！
ジーベル　蚤なんてみんなひねりつぶせ！
ブランダー　狙い素早く　決して逃がすな！
アルトマイヤー　自由万歳！　痛飲万歳！
メフィスト　ここの酒がせめてもう少しましならば
自由をたたえるために喜んで盃を干すのですがね。
ジーベル　それは言い過ぎだぞ！
メフィスト　ここの亭主さえ文句を言わぬのなら
ほかならぬ貴方がたのためだ
われわれの酒倉から一杯差上げたいものですよ。
ジーベル　じゃ出してくれ！　亭主のほうはどうとでもする。
フロッシュ　うまい奴を飲ませてみろ　ほめてやるぜ
だがちょっぴりばかりってのはご免こうむる
利き酒をするにもたっぷり

ぐっと明けるのが俺の流儀だ。

アルトマイヤー（小声で）この連中はラインの方からやってきたらしいぞ。

メフィスト　錐《きり》を一本見つけて頂きたい。

ブランダー　錐だって？

まさか戸口に酒樽が来てるって訳じゃあるまいに？

アルトマイヤー　その奥に亭主の道具箱があるぜ。

メフィスト（錐を取り出し、フロッシュに）さてお望みはどんな酒かな？

フロッシュ　どういうことだ？　そんなに何種類もあるって言うのか？

メフィスト　誰方《どなた》にもお望み通り何でも差上げる。

アルトマイヤー（フロッシュに）何だ！　もう舌なめずり始めたのか。

フロッシュ　よし！　選べと言うなら俺はライン葡萄酒だ。

わが祖国の逸品に優るものがあってたまるか。

メフィスト（フロッシュの前のテーブルの縁《ふち》に、錐で穴を明けながら）

何方《どなた》か蠟《ろう》を少し持ってきて　手早く栓を作って呉れませんかな。

アルトマイヤー　何だ　手品じゃないか。

メフィスト（ブランダーに）貴方のご所望は？

ブランダー　シャンパーニュ葡萄酒がいい

それもぐっと泡立ちのよい奴をお願いしたい。

　メフィストーフェレス、穴を明ける。その間にひとりが蠟で栓を作り、ふたをする。

ブランダー　いつも外国嫌いって訳には行かんのさ
いいものが遠くにあるってことだってある。
立派なドイツ男子ならフランス野郎は我慢できぬが
フランスの酒となりゃ話は別だ。
ジーベル（メフィストーフェレスが近づいてくるのを見て）
正直言ってすっぱい酒は好きじゃない
俺にはぐっと甘い奴を一杯頼む。
メフィスト（穴を明ける）ではトカイヤ産を提供しよう。
アルトマイヤー　冗談はやめろ　紳士方！　目をそらさず俺を見るんだ
俺たちをからかう魂胆だということはもう判ったぞ。
メフィスト　何の　何の！　貴方がたのような立派なお客人を相手にして
からかうなどとは！　それじゃ少しやり過ぎになりますよ。

さあ急いで！　面倒抜きに言って下さい。
どこの酒をご用立てしましょうか？

アルトマイヤー　何でもいい！　うるさく訊くな！

穴がみな明けられ、栓をされる。

メフィスト　（奇妙な身振りとともに）
葡萄は葡萄の木に実る
角《つの》は牡山羊の頭に生える
酒はだぼだぼ葡萄の木は固い
固い木机からも酒は湧く
自然の深き秘密を見よ！
ゆめ疑うな　奇蹟《きせき》の力を！
ではみなみな方　栓を抜いてお楽しみあれ！

一同　（栓を抜き、それぞれに望みの酒がコップに流れ込むのを見て）
おお　素敵な噴水だ　噴《ふ》き上がるわ　噴《ふ》き上がるわ！

メフィスト　但しこぼすことだけはしないよう　よく気をつけてもらいましょうか。

一同次々に飲み続ける。

一同（歌う）
たらふく詰め込み満悦だ
われら五百匹の牝豚だぞ！
メフィスト　連中は自由を謳歌してますぜ　あの満足ぶりはどうです！
ファウスト　もう引き上げたいんだが。
メフィスト　まだこれからですよ　連中の野蛮さは
この先こそが見ものなんです。
ジーベル（乱暴に飲むので酒が床にこぼれ、炎となって燃え上がる）
大変だ！　燃える！　助けてくれ！　地獄の炎だ！
メフィスト（炎にむかって呪文をとなえる）
静まれよ　わが親しき炎の精よ！
（一同に）
今度のところは浄《きよ》めの炎もほんのひと滴《しずく》で済みました。
ジーベル　いったい何の真似だ　待て　ただで済むと思うな！

思い知らせてやるぞ。

フロッシュ　もう許せないぞ！

アルトマイヤー　手出しせずに　そっと出て行かせるほうがよさそうだぞ。

ジーベル　どうなんだやい　でかい面しやがって
ここでアチャラカ芝居をやらかそうってのか？

メフィスト　まあお静かに　古樽君！

ジーベル　　ほうき野郎！
まだへらず口をたたくのか？

ブランダー　よし　こぶしの雨をふらせてやる！

アルトマイヤー　（テーブルから栓をひとつ抜く。炎が襲いかかる）
あっ　熱い！　熱い！

ジーベル　こいつは魔術師だ！
やっちまえ！　ぶっ殺したってお咎《とが》めはないぞ！

一斉に短刀を抜き、メフィストーフェレスにかかって行く。

メフィスト　（厳粛めいた身振りで）

偽りの形と言葉に
移り行け　心と所！
此処《ここ》にして彼方《かなた》　彼方にして此処！

一同茫然と立ち、互に顔を見交《みか》わす。

アルトマイヤー　ここは何処だ？　きれいな土地だなあ！
フロッシュ　葡萄畑だ！　眼は確かかな？
ジーベル　葡萄の房に手が届く！
ブランダー　涼しそうな緑の葉だ
どうだいこの枝ぶりは　見ろよ　この房の見事さ！

ジーベルの鼻を摑《つか》む。一同互に鼻を摑み合い、短刀を振り上げる。

メフィスト　（前と同じく厳粛めいた身振りで）
眼を覆う偽りのうろこよ　落ちよ！
そして悪魔の楽しみを思い知れ！

ファウストとともに姿を消す。残されたものたち、互に手を離す。

ジーベル　何だ　これは？

アルトマイヤー　どうしたんだ？

フロッシュ　お前の鼻だったのか？

ブランダー　（ジーベルに）お前の鼻か　俺がつまんでいたのは？

アルトマイヤー　雷に打たれたようだ！　手足がへなへなだ！
頼む　椅子をくれ　立ってられん！

フロッシュ　ひでえ目にあった。いったい何が起きたんだろう？

ジーベル　あの野郎どこへ行った？　今度見つけてみろ
生きちゃもう帰さないぞ！

アルトマイヤー　俺は見たんだ　あいつ酒場の戸口から――
樽に乗って飛んで行きやがった――
うむ　足が鉛みたいに重い。

机の方を振り返りながら

畜生！　酒はまだ出るだろうか？
ジーベル　だまされたんだ　みんなまやかし　見せかけだけだったんだ。
フロッシュ　だが確かに酒を飲んだような気がしたぞ。
ブランダー　じゃ　さっきの葡萄の房はどうだったんだ？
アルトマイヤー　おい　みんな！　やっぱり不可思議ってものはあるんだな。

魔女の厨《くりや》

背の低いかまどに火が燃え、大きな鍋がたぎっている。立ちのぼる湯気が部屋中に立ちこめ、そのなかで様ざまなものの影が動いている。一匹の雌尾長猿が鍋のそばに坐り、あぶくをすくい取って、吹きこぼれぬよう気をつけている。雄の尾長猿と子猿たちはそのそばにうずくまり、手足をあぶっている。四囲の壁も天井もひどく奇怪な魔女の道具類でいっぱいに飾られている。

ファウスト。メフィストーフェレス。

ファウスト　この馬鹿げた魔法世界は気に食わぬ！
お前は約束するのか　俺の身と心が
こんな乱痴《らんち》気《き》騒《さわ》ぎのなかで癒《なお》るのだと？
この俺が　老いぼれ魔女の助けなどを借りるのか？
このどぶみたいなごった煮汁が
俺を三十年分　若返らせてくれるのか？
何たることだ　お前の智恵がこの程度とは！
わが希望も　もうこれまでだ。
自然は　そして人間の気高い精神は
何か別の香気高き不老の霊薬を見つけては置かなかったのか？

メフィスト　これはまたしても随分《ずいぶん》とご英明な発言ですな！
若返りのためにはもっと自然な方法もありますが
これはまた別の分野の話でして
ちょっと奇妙なやり方ですよ。

ファウスト　構わん　話せ。

メフィスト　いいでしょう。金も要らなきゃ
医者も魔法も用はない方法です。
今すぐ畑へ出て行って
鋤《すき》で耕し 鍬《くわ》を入れ
狭い身のまわりの外へは出ず
余計なことは考えない。
簡単明瞭なものを食い
牛と一緒に牛のように暮し 身を落したとも思わずに
わが手で刈った畑には 自分の出す肥やしを自分で返す。
これこそは まあ私を信じなさい
八十までも若くいられる妙薬ですよ！
ファウスト　それには俺は慣れとらん。鋤鍬をわが手に取るなど願い下げだ
そんなところで 分に安んじるつもりはない。
狭く閉じ込められた生活は平《ひら》にご免こうむる。
メフィスト　となればやはり魔女の助けを借りなくては。
ファウスト　何でまた老いぼれ魔女なんだ！
お前が自分で薬を煎じられぬのか？

メフィスト　そいつは素敵な時間つぶしだ！
その閑《ひま》がありゃ橋の千本もかけますよ。
技術と知識だけじゃ片がつかない
辛抱強さが必要なんです　この仕事には。
心せかぬ奴が長の年月じっくりかまえる
時の力が働いて　漸《ようや》く微妙に力強く醱酵してくる。
しかも　必要な品々ときたら
これまた奇妙なものばかり。
あの婆さんに教えたのは悪魔のこの私だが
自分で作れと言われちゃ閉口だ。
（猿たちを見て）
ご覧なさい　可愛い連中でしょう！
こいつが女中で　あっちが下男だ！
（猿たちに）
奥方さまはご不在と見えるな？
猿たち　大宴会へと

煙突抜け出て
　飛んでった！
メフィスト　いつもどれぐらい浮かれ歩いてくる？
猿たち　おいらたちがお手々を暖めている間ぐらい。
メフィスト　（ファウストへ）このちびたちはお気に召しましたか？
ファウスト　何とも醜悪の限りだ！
メフィスト　おやおや。私はまたこいつらと
今みたいな会話を楽しむのが大好きだ！
（猿たちに）
おい嫌われものの人形君たちよ
貴様ら　何をどろどろとかきまわしている？
猿たち　ぐんと水ましの乞食スープです。
メフィスト　となれば今できの芝居同様　千客万来だろうよ。
雄猿　（近寄ってきてメフィストーフェレスに媚びる）
　さあ　さいころをころがして
　おいらを勝たせておくんなさい
　どうか金持ちにしておくんなさい！

おいらにはちっとも運がない
金さえあればおいらだって
少しはましになるってものだ！

メフィスト 富くじ買うのさえ認めてもらえりゃ
猿なんて奴は仕合せいっぱいなのですよ！

子猿たちは大きな球で遊んでいたが、やがてその球を舞台前面へころがしてくる。

雄猿 これが世界だ
昇って降りて
ぐるぐるまわる。
ガラスのような音が出る――
ちょっとのことですぐ割れる！
なかはただのがらんどう。
ここがきらきら輝いて
こっちはもっと光りを発し
俺は生きてるぞと言わんばかり！

可愛い息子よ
こいつにゃ決して手を出すな！
うっかり手を出しゃ　いのちに関わる！
世界は素焼でできていて
割れりゃ破片が突きささる。

メフィスト　このざるは何だね？

雄猿（掛けてあったざるを壁から下ろして）
盗人《ぬすっと》がやってきたら
これでそいつを篩《ふる》い分けます。

雌猿のところに駆けより　ざるをのぞかせる。

ざるを通して眺めてみろ！
盗人が見えるかね
おっと　その名を言うのは　ご法度《はっと》だ。

メフィスト（かまどに近づき）で　この鍋は？

雄猿と雌猿

阿呆な方だ！
この鍋を知らない
この釜を知らない！

メフィスト 無礼な猿どもだ！

雄猿 このはたきをどうか手にとって
席について下さいまし！

無理強いにメフィストーフェレスを坐らせる。

ファウスト （そのあいだ中、一枚の鏡の前に立ち、近寄ったり遠のいたりしていたが）
あれは何だ？　何と美しい姿が
この魔法の鏡に映っていることか！
おお恋よ　お前のいちばん速い翼を貸してくれ
そして俺をあの姿の立つ世界へ連れて行け！
ああ　思い切ってあの姿に近寄ろうと
鏡に一歩でも近づくと
姿はたちまち霧の中にぼやけてしまう！

――比類なく美しい女の姿！
こんなことがあるのか　女とはこれほど美しいものなのか？
こののびと横たわった姿のうちに
もろもろの天の精気がひとつに凝縮しているのか？
これが地上のものなのか？

メフィスト　もちろんです。神さまが六日間汗水たらした挙句《あげく》
われながら見事にやったと叫んだのですから
ちっとはましなものも　あるはずです。
今日のところは飽《あ》きるまで眺めて我慢しなさい
そのうちに　この手の可愛い子を探し出して差し上げます。
こんな子を花嫁にして家へ連れ帰れる殿方は
何とも仕合せな星まわりですねえ！

　　ファウストはなおも鏡の中を見つめている。メフィストーフェレスは安楽椅子に
　ゆったりと掛け、はたきを玩《もてあそ》びながら言葉を続ける。

メフィスト　ここに坐っていると玉座にまします王さまみたいだ

王杖《おうじょう》だってあるんだから　足りないのは冠だけだな。

猿たち　（今まで奇妙な身振りで互にからみ合い動き続けていたが、いまの言葉を聞き、大きな叫び声を挙げながらメフィストーフェレスに王冠を持ってくる）

おお恵みの御心《みこころ》いと深く
人民の血と汗とを膠《にかわ》にし
危うき王冠を継ぎはぎ給《たま》え！

猿たちは王冠を持って乱暴に練り歩くうちに、ふたつに割ってしまい、その割れた王冠を持って跳《は》ねまわる。

ほら見ろ　割れたぞ！
しゃべって　眺めて
聞いて囃《はや》すがおいらの天職――

ファウスト　（鏡に向い合い）
ああ！　苦しさにもう頭が割れそうだ。

メフィスト　（猿たちの方を示しながら）
いや俺もそろそろ頭がぐらぐらしてきたな。

猿たち　おしゃべり囃しが運よく行って
　とにもかくにも恰好がつきゃ
　　思想が一丁でき上がり！

ファウスト　（鏡の前に立ちつづけたまま）
胸が灼《や》きつくようだ！
一刻も早く逃がれるほかはない。

メフィスト　（相変らずの姿勢で）
何はともあれ認めてやらねばなるまい
こいつらが率直公明な詩人だってことはね。

　雌猿がなおざりにしていた鍋が吹きこぼれ、長い炎が上がって煙突から外へ抜ける。魔女が恐ろしい叫び声を挙げながら炎をくぐって降りてくる。

魔女　あう！　熱い！　熱い！　あう！　あう！
この役立たず！　阿呆！
鍋は放りっ放し　奥方さまには火傷をさせる！
間抜け猿！　（ファウストとメフィストーフェレスに気づき）

これは何ごとだ？
お前らは何ものだ？
何用でやってきた？
何故忍び込んだ？
灼き尽す炎の痛みを
骨の髄まで思い知れ！

魔女は泡すくいの杓子《しゃくし》を大鍋に突っ込み、ファウスト、メフィストーフェレス、猿たちへむけ炎をはね飛ばす。猿たち泣き声を挙げる。

メフィスト（手に持ったはたきをさかさに持ちかえ、壺やガラス容器を打って廻る）
割れろ！　割れろ！
粥《かゆ》が引っくりかえる！
ガラスが割れる！
ほらら　楽しいお遊びさ
腐れ婆《ばばあ》の踊りに合わせ
ちょっくらタクトを振るだけよ。

　魔女は怒りと驚きに後ずさりする。

俺が判らぬか？　骸骨女の化け物め！
お前の師匠を忘れたのか？
えい　覚悟しろ　さあ今すぐ
お前も猿どもも打ちのめしてやるぞ！
この赤い胴着を見ても恐れいらぬか？
雄鶏《おんどり》の羽根に見覚えはないのか？
俺がこの顔を隠しているとでも言うのか？
名を名乗らねば判らないと言うのか？

魔女　あっ　お師匠さま！　これはこれはとんだことを！
だって　蹄《ひづめ》のおみ足を隠していらっしゃるものだから。
それにお供の大がらす二羽も見えないし。

メフィスト　今度のところはうまい言い逃れを見つけたな。
もちろん最後に会ったのも
もう随分昔のことになるしな。

その間に文明開化が世界をなめ尽し
悪魔もそれと無縁では居られなくなったのよ。
北方風の幽霊はもう流行《はや》らない
角《つの》だの尻っぽだの鉤爪《かぎづめ》だのは　お前だってとんと目にするまい？
馬の足も俺としちゃ　なしで済ませる訳には行かんのだが
嫌われるのが目に見えているからな
近頃の若い連中の流行を真似て
もうここ何年もズボンの下に　人工ふくらはぎをつけてる始末よ。

魔女（踊りながら）
嬉しさ余って気も狂う
サタンの若君のご到来！

メフィスト　おっと　ねえさん　その名前はご免だよ！

魔女　あらどうして？　素敵なお名前じゃない？

メフィスト　あれはもうとっくにお伽話行きだ
もっともそれで人間どもが仕合せになった訳じゃないがな
サタンからは逃《のが》れても　サタンなみの人間ならうろうろしてるさ。
俺のことは男爵さまと呼んでくれ　それで問題解消

俺もひとに劣らぬ貴公子だ。
俺の生まれを疑うなよ
ほら　わが家の紋章ならここにある。

　　上品ならざる身振りをしてみせる。

魔女　（奇矯《ききょう》なる笑い声を挙げる）
け　け　け　け！　相変らずね！
昔通りのたわけた方だわ！
メフィスト　（ファウストに）
よく見て覚えましたか
これが魔女とつき合う時のこつですよ。
魔女　ところでおふたりのお望みは何ですの？
メフィスト　例の薬が一杯要るのだ！
それも飛び切り古い奴がな
長年寝かせた奴なら利き目も倍だ。
魔女　いいですとも！　ここにあるこの瓶は

自分でも時々ちょっぴりやる奴よ。
もう厭《いや》な匂いもすっかり抜けてるわ。
この瓶から一杯差し上げましょう。
(低い声で)
でも　いいの?　何の準備もなしに飲んだりしたら
こんな人　一時間とはもたなくてよ。

メフィスト　これは俺の親友さ　けちる気はない
お前の台所のとっときの奴を飲ませてやりたい。
例の輪を描《か》き　呪文をとなえ
たっぷり一杯飲ませてやってくれ!

魔女は奇妙な身ぶりをしながら輪を描き、その輪のなかに奇怪な品々を置く。そうするうちにガラス器具が響き始める。鍋、薬罐《やかん》の類も鳴り始める。和して音楽となる。魔女は最後に一冊の大きな本を運んでくる。そして尾長猿たちを輪のなかに立たせる。猿たちは本を置くための机になったり、松明《たいまつ》をささげ持ったりする。魔女は目くばせしてファウストをまねく。

ファウスト（メフィストーフェレスに）
おい　これはいったい何の真似だ？
おぞましい道具立て　いかがわしい身振り
趣味の悪さもきわまったこのまやかし儀式は
俺には馴染みのものだ　へどが出るぞ。

メフィスト　おやまあご冗談を！　これはほんのお笑い草の手品でさあ
そう堅いことはおっしゃらないで！
魔女だって医者の役を勤めるには　まじないなしには済まんのです
でなけりゃ　利く薬も利かなくなる。

ファウストを無理に輪のなかへ入らせる。

魔女（強い抑揚をつけて、先ほどの本から朗読し始める）
なんじ知るべし！
一より十を成らしめ
二は二にとどまるにまかせ
三を三たらしめれば

なんじの富は既に成らん。
四は去るを追わず
五　六は
魔女の語るごとくに
七　八たらしめれば
かくてことは成就せり。
九は一にして
十は無となる。
　これぞ魔女の算術なり。
ファウスト　あの婆《ばばあ》まるで熱に浮かされたしゃべりようだ。
メフィスト　あの手の呪文は　まだまだ終りにゃなりませんぜ
あの本はみんなあの調子です。
私も随分と時間をかけて研究しました。
出たらめもあそこまで徹底すりゃ神秘的に見え
阿呆も利巧も有難がりますからね。
ありゃ古くて新しい手品ですよ。
いつの時代だって　三にして一　一にして三

神にして聖霊にして同時に神の子ってのは
真理の代りに虚偽を拡める手段でした。
そんなたわごとをしゃべり拡めても邪魔立てひとつない
賢い人ならそもそも近寄らんですからね。
言葉を聞きさえすれば信じるのが人間の常
鰯《いわし》の頭も信心からってことになるんです。

魔女　（続ける）この学の
　いとも高き力は
　全世界に秘められてあり！
　およそ思考を投げうつもの
　そのものにこそ　この力は与えられ
　そのものこそ　憂いなくこの力を駆使せん。

ファウスト　何というたわ言を読み上げてるんだ
もう頭の鉢が割れそうだ。
まるで何万人もの阿呆どもの
声を合せた合唱を聞いてるようだ。

メフィスト　さあ　もうそれで充分　充分　巫女《みこ》の腕もどうして確かなものだな！

次は例の飲み物を持ってきて
盃も溢《あふ》れんばかりに注いでやってくれ
俺の友達にはあの薬も毒にはなるまい
これでも色いろなものを飲み干してきた
ひとかどの男だからな。

魔女は儀式めいた様ざまな仕草のあと、薬を盃に注ぐ。ファウストが盃を唇に当てると軽やかな炎が燃え立つ。

メフィスト　さあ　ぐっと飲み干しなさい　もっと底まで。
すぐに心が浮き立ってきますよ。
悪魔と俺お前の仲なのに
炎なんかにおじけづくんですか？

魔女が輪を解く。ファウスト進み出る。

メフィスト　さあ元気よく出発だ！　休んでいる閑はない。

魔女　薬の利き目のあらたかなることをお祈りしてますよ！
メフィスト（魔女に）
この御礼に何か俺にできることがあるんだったら
ヴァルプルギスの夜に遠慮なく言ってくれ！
魔女　ほらここに　ちょっとした歌がもうひとつ！
時折これを歌ってみれば　薬の利き目もぐっと増します。
メフィスト（ファウストに）
さあ急いでついていらっしゃい
どうしたって一汗かかなきゃならんのです
薬の力が内と外とに行き渡るように。
のらくら暮しの楽しみは　もっとあとでお教えします。
今はもうすぐ　ご満悦にも自分のなかで
恋の神さまが飛びはね始めるのがお判りでしょう。
ファウスト　もう一度ちょっとでいいから　鏡の中を覗《のぞ》かせてくれ
さっきの女の姿は何とも美しかった。
メフィスト　駄目です　駄目です！　もうすぐに
選び抜かれた女の見本を　生きた姿で見せてあげますよ。

（低い声で）あの薬を飲んだからには
どんな女を見たってヘレナに見えるさ。

街　路

ファウスト。マルガレーテが通りかかる。

ファウスト　美しいお嬢さま　私の腕をお貸しして
お宅までお送り致したく存じます。
マルガレーテ　お嬢さまでもなければ　美しくもございません。
送られずとも　ひとりで家へ帰れます。（振り切って退場する）
ファウスト　おお　何と美しい子だ！
あれほどの女は見たことがない。
あんなに行儀正しく　慎み深くありながら
負けん気なところも隠さない。

あの唇の赤さ　あの頬の輝き
わが生涯の終りまでもう決して忘れられない！
眼を伏せた時のあの様子が
俺の胸深く刻まれてしまった。
ひとを寄せつけぬあの素気《すげ》なさは
俺の心を狂わせる。

メフィストーフェレス登場。

ファウスト　おい　是非ともあの子をものにするのだ！
メフィスト　ええと　どの子のことですかね？
ファウスト　今むこうへ行ったろ。
メフィスト　ああ　あれですか。あれは教会からの帰りでしてね
坊主がその無垢《むく》を保証したところですよ。
私は告解台《こっかいだい》のすぐそばをこっそり通ってみたんですが
手のつけられない無邪気な娘で
告解に行ってもざんげすることがない。

あれには私も手の出しようがないですよ。
ファウスト　だが十四はもう越えてるだろう。
メフィスト　おや　ひとかどの女蕩《おんなたら》しみたような口のききようだ。
きれいな花はどれもこれも　自分のもののつもりになって
どの子の名誉も好意も片端から
摘みとってならぬはずはないと思ってる。
でもそういつも調子よくは行きませんよ。
ファウスト　わが有徳なる博士さまよ
そうしたお説教は　なしにしてくれないか！
俺の言うことは簡単だ。
あの可愛い娘をもう今晩のうちに
俺の腕で抱くことができなかったら
この真夜中正十二時で俺とお前の縁も切れる。
メフィスト　できることと　できないことを考えて下さい！
手がかりをつけるだけにだって
最低十四日はかかります。
ファウスト　手すきの閑《ひま》が七時間ほどもありさえすれば

あんな子ひとり誘惑するのに
悪魔の手助けなんぞ要るものか。

メフィスト　今度はまた　もう殆どフランス人みたような口のききようですね
でもまあ　そんなに腹を立てないで下さいよ
あまり慌てて楽しんだって　つまらんじゃありませんか？
そんな楽しみはしぼむのも早い
それよりまずは　あれやこれやの恋の駈け引き
手をかえ品をかえての紆余曲折《うよきょくせつ》
可愛い子を散々こねくりまわし　料理仕上げた挙句《あげく》の満願成就《まんがんじょうじゅ》
それこそが本当の快楽だと　あちらのお話にもありますよ。

ファウスト　そんな手くだなしでも食欲は充分だ。

メフィスト　いや冗談は抜きにしましょう。
いいですか　あの美しい娘に関する限り
お手軽には決して参りません。
手荒くやれば収穫はゼロ
じっくり計画を立てるところからやらねば駄目です。

ファウスト　あの天使の持物を　何でもいい　手に入れてくれ！

あの子の寛《くつろ》ぐ部屋へ俺を連れて行ってくれ！
あの胸を隠した肩掛けでも　靴下止めのせめて片方でも
この恋の欲望をなだめるために　手に入れてくれ！
メフィスト　では　お心の痛みに是非ともお役に立ちたいと
私めも誠心願っております証拠となるように
寸秒の懈《け》怠《たい》もなく今日のうちに
あの子の部屋に案内して差し上げると致します。
ファウスト　そして会えるのか？　抱けるのか？
メフィスト　とんでもない！
あの子は隣りへ行っているよう　はからいます。
その間にあなたはひとり心おきなく
これから来る喜びに心おどらせながら
心ゆくまであの子の匂いにむせべばいいんです。
ファウスト　よし今から出かけられるか？
メフィスト　まだ早過ぎますよ。
ファウスト　何か贈物の用意をしておいてくれ！（退場）
メフィスト　もう贈物とは感心な！　まず成功疑いなしだ！

あちこちの洞穴《ほらあな》に埋っている古い宝のことなら
俺にはいろいろ心当たりがある。
どれ　ちょいと　探してこずばなるまいぞ。（退場）

夕べ

小さく、すがすがしい部屋。

マルガレーテ（髪を編み、結《ゆ》い上げながら）
今日のあの方が誰だったのか
それさえ判れば何だって惜しくないわ！
いかにもたのもしいご様子で
それにきっといいお生れに違いない。
あの方のお顔立ちですぐそう判ったし——
そうでなけりゃ　あんな思い切ったこと　なさるはずない。（退場）

メフィストーフェレス、ファウスト登場。

メフィスト　さあ　お入んなさい　静かに　静かに！

ファウスト　（暫《しばら》く沈黙のあと）

済まないがひとりにしてくれ！

メフィスト　（あたりの様子をあれこれ見まわしながら）

どの子でもこんなにきれいにしているって訳じゃありませんぜ。（退場）

ファウスト　（周囲を眺め渡し）ようこそ　やさしい黄昏《たそがれ》の輝きよ！

夕暮から立ちのぼり　この神聖な場所を充たし　たゆたう　そなたよ！
いざ　わが胸を襲いとらえよ　甘き恋の苦しみよ！
憧れにやつれつつ　希望の朝霧を糧《かて》に生き続けるものよ！
ああ　何という静けさが　平和が　何と満ち足りた思いが
ここに息づいているのだろう！
この貧しさのうちに何という豊かさがあるのだろう！
この獄舎めいた簡素な小部屋に　何という至福の思いが棲みついていることだろう！

ベッド脇の革の小椅子に坐る。

おお　私を受け入れてくれ　なんじ　ここに住むひとの祖先を
喜びにつけ悩みにつけ　包み　支えてきた椅子よ！
この家長の座を取り巻いて　子供たちの群が
どんなにしばしば集《つど》い　むつみ合ってきたことだろうか！
おそらくは幼き日あの少女もまた聖降誕祭の贈物をここで分かち与えられ
その子供らしくふくらんだ両頬を救世主への思いに熱く火照《ほて》らしながら
一族の老人の年老いた手に敬虔《けいけん》な口づけを献《ささ》げたのだろう。
おお　いとしき少女よ　豊かに秩序立った精神が
私を取り巻き　さやいでいる。
それは母の教えにも似てそなたを日々導き
机の上にこの清潔な布を美しく拡げることを教え
床に撒《ま》く砂さえもこうして美しく波立たせるのだ。
おお　そなたのいとしくまめやかな手は神に似る！
ささやかな陋屋《ろうおく》もそなたによって天の一隅となる。
そしてここは！（彼はベッドのまわりに廻《めぐ》らされたカーテンを上げる）

何という喜びの戦慄が俺をとらえることか！
このままいつまでも動かずにいたい。
自然よ！　なんじはここであの現身《うつしみ》の天使を
軽やかな夢に包みつつ形作ったのか！
ここであの少女はその優しい胸を
暖かな生の息吹きで充しながら眠ってきたのか
ここでこそあの神とも見まごう美しい姿が
けがれなき自然の働きのうちに育《はぐく》まれてきたのか！

そしてお前は！　お前をここに連れてきたものは何だったのか？

心はこんなにも深く感動に打ちふるえている！

だと言うに　今ここでどんな欲望がお前を突き上げているのか？　お前の胸は何故に重い？

あわれなファウスト！　お前がもう俺には判らぬ。

ここで俺の身を包むのは奇蹟《きせき》のそよぎなのか？

俺を駆り立てたのはただ享楽の望みだったが

この愛の夢のうちにあってはわが身さえが溶け流れて行く。
俺たちは大気の力のままに舞う一片の白雲なのか？

もしこの瞬間にあの人がここに現われるならば
どうやって俺はこの冒瀆《ぼうとく》を償《つぐな》うのか！
今の大げさな言葉も春の淡雪と消えて
その人の足元に崩れ伏すばかりだろう。
メフィスト　（姿を現わして）さあ急いで！　彼女が戻ってくるのが見えます。
ファウスト　行こう！　もう二度とここへは戻るまい！
メフィスト　ここにずっしりと重い小箱があります
さるところで手に入れてきたものです。
さあ　いいから　その衣裳簞笥のなかに入れてお置きなさい。
見つけた途端あの子だって　くらくらっとすること受け合いです。
ほらあなたの代りに私の手で　ここに可愛いおもちゃ箱を入れますよ
これであなたのおもちゃが手に入るという訳です。
何と言ったって女の子は女の子　火遊びは火遊びに変りないんです。
ファウスト　こんなやり方でいいものか？

メフィスト
と自問自答ですか？
大事な宝は汚《けが》したくないとお考えですか？
ならばご忠告ですが　好き心なんかよしにして
大切な時間を無駄になさらぬよう
私にも無駄な手数はかけさせないで下さい。
どっちの宝物が惜しいんだか知らないが　吝《けち》なことを言うものじゃありません！
まったく私ばかりやきもきして——

小箱を箪笥に入れ、また鍵をかける。

さあ行きましょう！　急いで！
可愛いあの子をあなたになびかせようと
ひとり大奮闘しているのに
あなたはひとのしていることを見てるばかりで
それも何ですか　まるでこれから気も滅入《めい》る大教室へ出て行って
形而下学に形而上学の
幽霊ふたつを相手にせにゃならんみたいな顔付じゃないですか！

さあ行きましょう！

両者、退場する。

マルガレーテ　（ランプを手に）
ここはひどく蒸し暑くて　空気が淀んでいる
（窓を明ける）
だのに外はそんなに暑くはない。
おかしな気分だわ　何故なのかしら——
早く母さんがお帰りだといいのに。
何か身体中がぞっとする——
何て馬鹿でこわがりの私なんでしょう！

着物を脱ぎながら歌い始める。

昔トゥーレに王ありき
七生《しちしょう》誓いしその王に

妹《いも》は黄金《こがね》の盃を
形見に与え　みまかりぬ。

残されし王は盃を
またなきものと慈《いつく》しみ
宴《うたげ》のたびに干しけるが
ただ溢《あふ》れるは涙のみ。

やがて齢《よわい》の尽きむ時
国に数ある町々は
すべてを御子《みこ》らにゆずれども
盃のみは留《と》め置きぬ。

世継ぎを祝う晴れの宴
海原《うなばら》見下ろす城高く
祖先をしのぶ大広間
騎士らあまたに居流れぬ。

2780

老いた飲み手はそこに立ち
これを限りの生命《いのち》の火
飲み干し小暗き海原へ
いとしき盃　投げ放つ。

盃は落ち　ひるがえり
水底深く沈み行き
眼を打ち伏せし老王は
飲まずなりにき　雫だに。

着物を仕舞おうと箪笥を開け、飾り小箱を見つける。

こんなきれいな箱がどうしてここにあるのかしら
ちゃんと鍵をかけといたのに。
不思議だわ！　なかはいったい何かしら？
ひょっとして誰かが借金のかたに持ってきて

母さんからお金を借りて行ったのかしら。
ここのリボンに鍵がついている
ほんのちょっとだけ明けてみよう！
まあ　これは何？　すごいわ！
こんなもの生れて今まで見たことがない！
素晴しい飾り！　これだったらばお姫さまが
宮中のお祭りでつけたって可笑《おか》しくない。
この鎖　私に似合うかしら
いったい誰のものなのだろう　こんな立派なもの？
（様ざまに自分の身を飾り、鏡の前に立つ）
せめてこの耳飾りだけでも私のだったら！
これだけでも　もう見違えるみたいだわ。
きれいだって若くったって　何になるの！
若さと素顔のよさは何にも代えられないって
みな言うけれど　それは口だけ
ほめる言葉の下には半分あわれみが透けている。
誰もが金の飾りに吸いよせられ

すべては金の輝き次第。
ああ私たち貧乏人は！

散歩道

ファウスト、考えに耽けりながら歩きまわっている。そこへメフィストーフェレス。

メフィスト　ああ何てことだ！　罰あたりめ！
ええい！　何て呪えばいいんだ！　ああ腹が立つ！
ファウスト　どうしたんだ？　何でそんなに怒ってるんだ？
そんなひどい顔は生れて始めて見るぞ！
メフィスト　ああもう今すぐにこの身を悪魔に呉れてやりたい
ところが俺自身が悪魔だと来る！
ファウスト　頭のなかの接ぎ目でも外れたのか？

正気投げ捨てたみたいに荒れてるな　よく似合うぞ！
メフィスト　考えても下さいよ　グレートヒェンのために揃えた金銀宝石を
坊主の奴がかっさらいやがった！
まず母親が見つけてしまうと　見た途端に
何か薄気味悪いものが背筋を走ると騒ぎ出す。
あれはいやに鼻の利く女で
いつもお祈りの本ばかり嗅いでいて
家中の道具を手当り次第
神さまの匂いか不浄の匂いか嗅ぎ分けまわる。
あの宝物を見つけた時もたちどころに
さして祝福がこもってない品だと嗅ぎつけやがって　言いやがる。
ねえお前　神さまの心にかなわぬ財宝は
魂の妨げ　血の滞《とどこお》りだよ。
これは聖母さまに差し上げて
私たちは清らかな天の糧《かて》　心の喜びを頂きましょう！
あの子だって内心面白からず考えたんでさ
もらった馬のあらは探すなって言うじゃない

それにあんな宝を下さった方が
信心深くないはずはない。
だが母親は坊主を呼び
坊主はその阿呆な話を聞くや聞かずで
もうにんまり。
そして言うには　それはいい心掛けじゃ！
おのれに打ち勝つものには　よき報《むく》いがある
教会の胃は強靭でのう
国々をあわせ飲んでもびくともせず
食べ過ぎということも知らぬのじゃ。
不正な財宝を消化できるのは
よろしいかな　ただ教会だけなのですぞ。
ファウスト　それは教会には限るまい
猶太《ユダヤ》の金貸しや王侯たちだって相当なものだ。
メフィスト　と言った挙句《あげく》　腕輪　指輪　首飾り
みんなそこらの小間物みたいにかき集め
召し上げて言うお礼も気軽なもので

木の実ひとかごもらった程度。
ふたりの女に天のお恵みを約束し——
ふたりは深い感動にひたったという具合でさぁ。

ファウスト　そしてグレートヒェンは今？

メフィスト　　不安な心をかかえて坐り込んでます。
何を自分がしたいのか　すればいいのか　皆目判らず
つい考えは小箱に向い
小箱を持ってきた人は　それよりもっと気にかかる。

ファウスト　可哀そうに　あの子がそんなに悩んでいるのか。
すぐにもうひとつ新しい宝の小箱を贈ってやってくれ！
あの初めの奴は別にそれほどの品じゃなかったぞ。

メフィスト　そうですとも。あなたにかかっちゃ何だって子供の遊びだ。

ファウスト　さぁ　すぐやれ　俺の命令通りにな！
まずお前があの隣りの女をものにするのだ！
悪魔なら悪魔らしく　ふにゃふにゃせずに
さっさと新しい宝物を持って来い！

メフィスト　かしこまりました　ご主人様　心から喜んで。

ファウスト　（退場）

メフィスト　女に惚れ込んだ阿呆はご覧の通り
可愛いあの子の気晴しのためとありゃ
太陽　月　星の数々　何だって惜しげもなく　花火代りに打上げたがる。（退場）

隣りの女の家

マルテ　（ひとり）
神さま　どうか大事なあの人を　許してやって下さいよう
でもほんとにひどい人だった！
自分は勝手に世間へ出て行き
藁《わら》の寝床に私はひとり　放りっぱなし。
私と居ればいつだって　かゆくないとこまで掻いてやったのに
あの人に私がどんなに夢中だったか　神さまだってご存知なのに。（泣く）
もう生きてはいないのかも！　――ああ　辛い人生だわ！

――せめて死亡証明書さえ手に入ればねえ！

　　マルガレーテが来る。

マルガレーテ　マルテおばさん！
マルテ　　　　　　　　まぁ　どうしたの？
マルガレーテ　もう膝ががくがくして！
また同じような小箱があったの
私の簞笥のなかに。
箱は黒檀だし　素晴しい中身もこの前と同じ
いえ　あれよりもっともっと素敵なの。
マルテ　母さんに言っては駄目だよ
すぐまた懺悔《ざんげ》に持ってっちまうから。
マルガレーテ　ねえ見て！　ほら見て！
マルテ（身につけるのを手伝いながら）あんたって運がいい子だねえ！
マルガレーテ　でも口惜しいわ　通りも歩けない
教会も駄目　どこへも飾って出られないなんて。

マルテ　いいから　いつでも　うちにおいで
ここでおめかししてみるんだよ。
気がむきゃ三十分でも一時間でも　鏡の前を散歩すりゃいい
そして　ふたりして楽しもうよ。
そのうちには人中《ひとなか》に出る折だって来るってものさ。
まずお祭りの時からでも手始めに
最初は金鎖　次は真珠の耳飾り
母さんだっても気がつきゃしない　何かうまい口実だって考えつくさ。
マルガレーテ　あの小箱を二つも持ってきたなんて　誰なのかしら？
まっとうな品である訳ないわ！（扉を叩く音）
あら！　母さんだったらどうしよう？
マルテ　（扉の小窓のカーテンを透《すか》して見て）
よその男の人だよ――お入りなさいまし！

メフィストーフェレス登場。

メフィスト　厚かましくもお邪魔させて頂きます

ご婦人方のお宥《ゆる》しを乞いたく存じます。

　マルガレーテを見て、その前から恭《うやうや》しく一歩引き下がる。

して　マルテ・シュヴェルトライン夫人はご在宅であられましょうか。

マルテ　私がお名指しのものですが　何の御用でございましょうか？

メフィスト　（低い声でマルテに）
お知り合いになれれば　これにて充分
高貴なお方がお見えになっているご様子
どうか私の無礼をお宥し下さい
午後から出直して参ります。

マルテ　（声高に）　お聞きかえ？　本当にびっくりするよ！
この方はお前さんをどこぞのお姫《ひい》さまだとお思いだよ。

マルガレーテ　私は貧しく若いだけの娘です
お言葉は何ともこの身にそぐいません。
身につけてます飾りの品は　私のものではございません。

メフィスト　いえ　飾りだけではございません

そのご様子と言い　お眼の輝きと言い　普通の方とは思われません
同席をお許し頂けますならば　何にもました喜びでございます。
マルテ　それでご用とおっしゃるのは？　早く伺いたく存じますわ――。
メフィスト　もっと嬉しい話だったならばと存じます
悪い報せだからと言って　私をお責めにはなりませぬよう
ご主人が亡くなられ　あなたにくれぐれもよろしくとのことでした。
マルテ　死んだ？　あのいとしい人が！　ああ何てことが！
あの人が死んでしまった！　私もう　生きてはいられない！
マルガレーテ　まあ！　おばさん　気をしっかり持って！
メフィスト　どうか悲しい話の一部始終をお聞き下さい！
マルガレーテ　私　男の人を好きになんか絶対ならない
こんな悲しい目に会ったら私だってとても生きてられない。
メフィスト　喜びと悲しみはいつも一枚の紙　その表と裏なのですよ。
マルテ　あの人の最期の様子をお聞かせ下さいまし！
メフィスト　ご主人は　イタリヤはパドゥヴァの地
聖アントニウスのおそばに近く
敬虔《けいけん》の気につつまれた結構な墓所に葬られ

冷たい臥床《ふしど》に永遠《とわ》に横たわっておいでです。
マルテ　その報せのほかに　何かまだお持ち下さったものがございませんの？
メフィスト　ありますとも。あなたに宛てたご主人の最後の願いは
自分の供養にミサを三百遍あげてもらってほしいとのこと。
その厄介な願いの他は　お渡しするものとてございません。
マルテ　まあ何だって！　飾り金貨一枚　指輪の一本さえもなし？
どんな旅大工の小僧っ子だって　財布の底にそれぐらい
記念のためにしっかとしまい
飢えてよろめき乞食したって　なくしゃしない！
メフィスト　奥さま　まことにお気の毒に存じます
ですがご主人はお金をあたらどぶへ捨てた訳ではございません。
それにご自分の落度をば大層後悔もしておいででした。
そしてそれにもまして　わが身の不幸をお嘆きでした。
マルガレーテ　ああ！　人間って不幸なものなのねえ
私　おじさんのために　沢山沢山お祈りするわ。
メフィスト　本当に優しい心根だ
もう今すぐに結婚したって恥かしくないですよ。

マルガレーテ　まあ　まだそんな年ではありません。
メフィスト　夫でなければ差し当り　いとしい殿御《とのご》を持つのですね。
好き合った人を腕に抱けば
天国にいるのかしらと思うものですよ。
マルガレーテ　この辺では　そんな習慣はございません。
メフィスト　習慣があろうがなかろうが　そうなる時はなるものでさ。
マルテ　さあ　もっと詳しく！
メフィスト　　　ご主人の病いの床《とこ》は
ごみ溜めよりはいくらかましで
寝床の藁も腐りかけていただけで
神さまへの溜まったつけを気にしながら　立派な信者の最期でした。
いまわのきわに叫ぶことには「我とわが身が呪われる
男子の仕事も成らずして女房は遠く捨ててきた！
ああ　思い出すだに身が灼《や》ける。
せめてこの世であいつから宥《ゆる》しの言葉がほしかった！」
マルテ　（泣きながら）なんていい人！　もうとっくに宥してるのに！
メフィスト　「とは言うものの　あいつのほうが俺より悪い」

マルテ　嘘よ！　何さ！　棺桶に足突っ込んでまで嘘をつく！
メフィスト　確かに末期《まつご》の嘘も混じっていたようで
しかと事情は存じませぬが。ともあれ　ご亭主のおっしゃるにゃ
「俺はあくびする閑《ひま》とてありはせなんだ
まずころころと子供が生れ
稼ぎを追い越す貧乏暮し
やっと手前《てめえ》のパンをと思えば　たちまちそばで餓鬼《がき》どもがわめく」
マルテ　私が浮気ひとつしなかったことも　あれほど可愛がってやったことも
昼夜わが身を粉《こ》に尽したのも　みんな忘れやがったのか！
メフィスト　いえいえ決して　あなたのことを忘れておられた訳ではない。
ご亭主の続けて言われた言葉には「俺がマルタ島を船出した時には
女房餓鬼らのためを思って　たんと神さまに祈ったものよ。
天もその祈りをお聞きになったか
たちまち見つけたのがトルコの商船
積荷はでっかいスルタンの宝だ。
大胆不敵に突っ込んだ
俺の胆《きも》も太かったが　その太さ相応

分け前のほうもたっぷりだった」
マルテ　まあ　何ですって？　あの人それを何処かに埋めでもしたのでしょうか？
メフィスト　風のまにまに吹き散って　いったい何処にあるのやら。
それというのもナポリの町で　ひとり散歩のご亭主を
みめ美《うるわ》しきご婦人が　見事たらし込みましてね。
その誠心誠意尽した証拠は
末期《まつご》の床《とこ》のご亭主にまで骨身がらみ病毒がらみで残ってましたよ。
マルテ　恥知らず！　子供らに遺すものまで盗み取った！
私たちがどんなに困っても　惨めになっても
構わず罰当りの生活を続けてたんだ！
メフィスト　そうですとも！　だからこそ罰が当って死んだのです！
私があなたの立場なら
たっぷり一年がところは悲しんでやり
そのあと新しい人を探すのに精出しますがね。
マルテ　ああ　でも　死んだあの人ほどの男が
この世で二度と見つかるものですか！
あの人ほどに実《じつ》のある男はいなかった。

わずかばかりの欠点は　少しも尻が落ちつかず
よその女と酒とに滅法目がなく
それに博奕《ばくち》をやめられぬぐらいのところでしたわ。
メフィスト　さてさて　それでさぞかしご亭主のほうも
同じくらい広い心を持っていたとすると
万事めでたい話でありましたなあ。
まったく　それだけ大目に見てもらえるなら
私だってあなたの亭主になりたいものだ！
マルテ　まあ　ご冗談を　旦那さま！
メフィスト　（傍白）
さて　ここいらで逃げ出そう！
こいつにかかっちゃ悪魔だって言質《げんち》をとられる。
（グレートヒェンに）　さてそちらのお気持はどうお決まりに？
マルガレーテ　何のことでございましょう？
メフィスト　（傍白）　　何とも無邪気な娘だなあ。
（声高に）　ではご機嫌よう！
マルガレーテ　失礼致します。

マルテ　　　　　　　　　　あの　もしちょっと　伺いますが
何か証明書でもございませんか
いつどこで　どんな具合にあの人が死んだのか　葬られたのか――。
私はもとから決まりのつかぬのが嫌いなたちで
あの人の死んだ報せも週報に　ちゃんと出るのが見たいのです。
メフィスト　いや　ごもっとも。証人が二人いさえすれば
万事　真実との証明が可能です
幸い気持のいい連れがいますから
役所での証言を頼みましょう。
今度その男を連れて参ります。
マルテ　　　　　　　是非そうお願い致します！
メフィスト　して　その時は　こちらのお若いご婦人にもご同席を頂けましょうか？
若いながらも多く旅して頼りになり
ご婦人方にも慎み深い男です。
マルガレーテ　そんな御方の前に出たら　恥かしくて顔も挙げられません。
メフィスト　どんな王侯の御前でも　恥じられる必要などないですよ。
マルテ　この家の裏の庭で今日の晩

この人と一緒におふたりをお待ちしますわ。

街路

ファウスト。メフィストーフェレス。

ファウスト　どうだ？　うまく行ったか？　もうすぐか？
メフィスト　これは凄い！　たいした燃え上がりようだ。
もうすぐグレートヒェンはあなたのものです。
今晩にもマルテのところで逢えますよ。
あの女はまったくの話
生れついての取りもち婆《ばばあ》でさあ。
ファウスト　そりゃ好都合だ！
メフィスト　もっともこちらもひとつ頼まれました。
ファウスト　してもらえば　してやるのが当然だろう。

メフィスト　それも大したことじゃない
あの女のご亭主がパドゥヴァの聖なる土の下に
手足のばしてくたばってると　誓言　立証すればいいんです。
ファウスト　ご立派な約束だ！　それじゃパドゥヴァまで出かけねばならんじゃないか！
メフィスト　どこまでお目出《めでた》度いのか　阿呆らしい！
証言するのに事実などは要りません。
ファウスト　それがお前の智恵の限界なら　この計画はお流れだ。
メフィスト　おお　ご清潔にしてご誠実なる聖人さまよ！
いったい　知りもせぬことを証言するのが
生れて初めてだとでも言うのですか？
神さまについて　世界について　世界のなかの諸力について
人間について　人間の頭と心に起きることについて
議論　推論　結論を　大胆　厚顔　不敵にも
ひねってこねて　断じてきたのはどなたです？
そのくせ　正直に自分を見つめれば
あなただって告白なさる他ないでしょう
そんなことはシュヴェルトライン氏の生死ほどにも知りはせぬと！

ファウスト　相変らず口のへらない三百代言だ！
メフィスト　いえ　私の眼は少しばかり　並より深く届くのでしてね。
例えばの話　明日にはもう　ぐんと殊勝な顔をつくり
可哀そうなグレートヒェンをたぶらかし
変らぬ愛を誓うあなたじゃないんですか？
ファウスト　心からの変らぬ愛をだ。
メフィスト　　　　とはご立派な！
そしてそのあと永遠の誠と愛とやらを楯《たて》にとり
激しい衝動なるものに身をゆだね――
というのも真の心からですかね？
ファウスト　やめろ！　そうだとも！　――何故いけないのだ
自分のうちに感じるものがある　たぎるものがある
それを名づけようとして名づけることができず
官能のすべてを開き　広い宇宙を探し求め
あらゆる高貴な言葉を試した果てに
わが身に燃えるこの炎をば
無限と名づけ　永遠と呼んだとて

それが嘘を玩《もてあそ》ぶ悪魔の言葉だとでも言うのか？

メフィスト　でも私の言うことは本当ですよ。

ファウスト　おい！　これだけは覚えててくれ！
そして　俺をもう怒鳴らせないでくれ――。
無理にも相手を言い負かす気で　馬鹿のひとつ覚えをくりかえす奴は
議論に勝つに決っている。
さあ行こう　もうおしゃべりは沢山だ。
いやお前の言う通りだ　俺にはもう考える余裕なんぞないんだから。

庭

マルガレーテはファウストの腕に倚《よ》りつつ、マルテはメフィストーフェレスとともに、ともに庭を往きつ戻りつしている。

マルガレーテ　よく判ってますの　ただいたわって

話を合わせて下さってることは。なおさら恥かしくなってしまいます。
旅慣れた方はご厚意で
そうなさるものですわ。
私のつまらぬおしゃべりが経験深い殿方に
面白いはずはありませんもの。
ファウスト　あなたのまなざしひとつ　言葉ひとつが
この世の智恵のすべてにまして　私の心をとらえるのです。
（マルガレーテの手に口づけする）
マルガレーテ　まあ　そんな！　私の手になぜ口づけなんか？
手入れもできず　荒れたままの手ですのに！
私どんな仕事だって　みな　しない訳には行かないの。
母さまは随分《ずいぶん》とうるさいほうなんです。

二人は通り過ぎる。

マルテ　それであなたは　いつもそんなに旅ばかりですの？
メフィスト　ああ　私どもの稼業《かぎょう》では　そうせぬ訳に行かぬのです！

立ち去りがたくなる土地も　折々ない訳ではないのですが
留《とどま》ってはならぬのが私どもの宿命です！

マルテ　お若い時はそれもよろしゅうございましょう
世間を経《へ》めぐり歩くのも　きっと面白うございますもの。
けれどもやがて悪い時が近づいて参ります
寄る辺なき独身《ひとり》もののご自分を　墓穴に引きずって行かねばならぬのは
誰方《どなた》にとっても嬉しいことではございませんわ。

メフィスト　先にそれが見えればこそ　今からもう心が凍《こご》える思いです。

マルテ　ですから　どうか　まだ間に合ううちにじっくりお考え下さいませな。

行き過ぎる。

マルガレーテ　でも　去るものは日々に疎《うと》しと言いますわ。
ご親切は身についたご作法でしょうけど
お友達は沢山いらっしゃるし
みなさん私などより賢い方ばかりでしょう。

ファウスト　おお　いとしい人　世に賢いと呼ばれるものは

往々むしろ虚栄と小利巧さに過ぎぬのです。
マルガレーテ　　　　　　　　どういうことですの？
ファウスト　おお　素朴で無垢《むく》な魂は
自らと自らの聖なる価値を　決して意識することがない！
謙譲《けんじょう》さ　つつましさ　心優しき自然から
分かち与えられたこの最高の贈物――
マルガレーテ　ほんのひと時でもいいから私のことを想い出して下さいね
私　ずっとあなたのことを考えて暮して行きますわ。
ファウスト　おひとりでいらっしゃる時が多いのでしょうね？
マルガレーテ　ええ　私たち　小さな世帯ですけど
それでも随分と用事はあるものなの。
女中はなしで炊事掃除に編み物つくろい物
朝早くから夜遅くまで働きづめ
そして母さんは何事につけ
そりゃもうほんとに細かいの！
そんなに切りつめなくとも　やって行けない訳じゃないんだけど。
その気になればよそよりずっと楽なんですの

父さんが遺して下さったものがあるのですもの
小さな家と　町外れには菜園も。
でもこの頃は　大分落ち着いた日も多いの
兄さんは兵隊になったし
小さな妹は死んじゃったのですの。
世話をするのはほんとに大変だったけど
あの苦労ならどんなにくりかえしたって構わない。
ほんとに可愛い子でしたのよ。

ファウスト　あなたに似てたら天使だったに違いない。

マルガレーテ　私の手で育てたので　とても好いてくれてました。
父さんが死んだあとに生れて
母さんも産後の肥立《ひだち》がひどく悪くて
一度は駄目かと思ったくらい
漸《ようや》く持ち直したあとも直りが遅く
赤ちゃんにお乳をやるなどは
とても出来ないことでしたから
私がたったひとりで　牛乳とお水を飲ませて育て上げ

それであの子は　私の子になりました。
私の腕に抱かれて　膝の上に寝て
笑うようになり　這うようになり　段々大きくなったのでした。
ファウスト　あなたは人生のもっともけがれない仕合せを味わったのですね。
マルガレーテ　でもね　大変なことも多かったの。
赤ちゃんのゆり籠を寝床の脇に置いておき
ちょっと動く気配《けはい》でもすれば
すぐさま目を覚ましたものでした。
お乳をやる　自分の横に寝かせてみる
泣きやまなければ起き出して
抱き上げ歩いてあやしてやる。
そして夜が明ければもうすぐに　洗濯物が待ってるの。
それを済ませれば市場へ買出し　それから煮炊き
それが今日も明日も　毎日続くの。
そういつも元気いっぱいには行かないわ。
でもその代り　ご飯はいつもおいしくて　一息つく時の嬉しさも格別ですの。

通り過ぎる。

マルテ　女などひどくつまらないものですわ
独身《ひとり》ものの殿方は改心させようがないんですもの。
メフィスト　私などにもっと賢明な生き方を教えるのは
ただあなたのようなお人の力だけなのですよ。
マルテ　どうか打ち明けて教えて下さいな　どこぞで何かもうお見つけか
心がどこぞにもう結ばれてはおいでないか？
メフィスト　諺《ことわざ》にも申します　自前のかまどとしっかり女房は
黄金と真珠にも代えられぬ　とね。
マルテ　ですからさ　どこぞでその気におなりのことはなかったのか？
メフィスト　どこでもとても親切にして頂きました。
マルテ　いえ　ですからね　本気におなりになったことがおありかどうか？
メフィスト　ご婦人方相手に冗談を言うなど　とんでもない。
マルテ　ああ　判って下さらない！
メフィスト　　　　　　　鈍《にぶ》い生れで済みません！
でもご親切なお気持はよく判っているつもりです。

行き過ぎる。

ファウスト　先ほど私が庭に入ってきた時　おお小さな天使よ
すぐに私だと判って下さったのでしょうか？
マルガレーテ　お気づきではなかったの？　私思わず眼を伏せました。
ファウスト　そして　あの無礼は宥《ゆる》して頂けるでしょうか？
先日教会からのお帰りに
厚かましい真似をしましたが。
マルガレーテ　本当に驚いたの　あんなこと前には一度もなかったのですもの
隙のある娘だなんて　誰にも今まで言わせませんでした。
私　思わず考えたの　あの方はお前の振舞いに
小生意気な　身の程知らずのところを見つけたのかしら？
あの方は思ったらしい
あれならばすぐにも手が出せる女だと。
でも　本当のこと言いますね！　あの時　何故かは判らぬまま
すぐに好いた方だと思ったの。

私　自分にとても腹が立ったのです
何故もっとあなたに怒る気になれぬのかと。

ファウスト　可愛い人だ！

マルガレーテ　ちょっと御免なさい！

マルガレーテ、えぞ菊の花を摘み、花びらをひとひらずつむしる。

ファウスト　なにするの？　花束？

マルガレーテ　いいえ　ただのいたずら。

ファウスト　何なの？

マルガレーテ　見ないで！　笑うから。

むしりながら、何か呟《つぶや》く。

ファウスト　何言ってるの？

マルガレーテ　（少し聞えるように）私を愛してる——愛してない——

ファウスト　ああ　天使の表情だ！

マルガレーテ　（続けて）愛してる――愛してない――愛してる――愛してない――

最後の花びらをむしり、あどけない喜びに輝いて。

愛してる！

ファウスト　そうだとも　いとしい人！　この花占いを
神の言葉と信じるがよい！　愛している！
この意味を判ってくれるだろうか？　この愛しているという言葉の意味を！

マルガレーテの両手をしっかりと握る。

マルガレーテ　私　こわい！

ファウスト　いや　こわがることなどない！　この眼が　この手が
口では言いえぬことを
ほら　君に語りかけるのだ！

愛するとは自分を献《ささ》げ尽すこと
そして歓びを享《う》けること　永遠に続く歓びを！
そうだ　永遠だとも！　――この歓びの終りはわが身の終りだ！
いや絶対に　絶対に　終りはない！

マルガレーテ

（彼の両手を固く握りしめる。が、すぐ身を引き放し、駆け去る。ファウストは一瞬の放心のあと、すぐそのあとを追う）

マルテ　（来かかりながら）夜ですわ。

メフィスト　ええ　私らもお暇《いとま》します。

マルテ　もっとお引き留めしたいのですよ
でも土地柄がうるそうございましてね。
ここの人たちはみな　もう　まるで
一日中仕事なんぞはないかのように
お隣りさんのくしゃみひとつも気になるほうで
何をしても噂の種になりますの。
あら　向うのふたりは？

メフィスト　あっちの道を駆けて行きました

気ままな蝶がふざけ合うように。

マルテ　あの方　あの子がお気に召したようね。

メフィスト　娘の方も好いたらしい。それがこの世の成行でさぁ。

庭のあずまや

マルガレーテが駈け込んできて、扉の陰に隠れ、唇に指先を当てながら板の隙間から外を覗《のぞ》く。

マルガレーテ　あっ　来た！

ファウスト　（来る）　いたずら娘　からかうんだな！
さあ　つかまえた！　（口づけする）

マルガレーテ　（彼をしっかりと抱き、口づけを返しながら）
大好き！　ほんとに真底から好き！

メフィストーフェレス、戸を叩く。

ファウスト（地団太踏み）誰だ？

メフィスト　連れの私です。

ファウスト　畜生！

メフィスト　お別れの時間ですよ！

マルテ（来る）もう遅いですわ。

ファウスト　お送りしてはいけませんか。

マルガレーテ　母さんが——さようなら！

ファウスト　どうしても？

さようなら！

マルテ　では！

マルガレーテ　またすぐにね！

ファウスト、メフィストーフェレス退場。

マルガレーテ　ほんとに　あんな賢いお方は

きっと何だって　何だってお判りなんだわ！
私はただ顔を赤らめて立ってるばかり
そして何を言われても　ええとうなずくばかりだわ。
私は貧乏で何も知らない小娘なのに
いったい私の何処がお気に入ったのだろう。（退場）

森と洞窟

ファウスト（独り）おお偉大なる地の霊よ！　わが願いしもののすべてを
お前は惜しむことなく与えてくれた！　燃え上がりし炎のうちのお前の訪れは
決して空しき徒事《あだごと》ではなかった。
お前は壮麗なる自然をわが王国として与え　かつ
その自然を感じ享《う》ける力をも　併《あわ》せ与えてくれた。
いたずらに冷たき眼で　空しく自然の驚異を眺めるばかりではなく
その深き胸のうちを親しき友の心を知るごとく

熱き眼差《まなざ》をもって見てとることを　お前は許してくれる。
およそ生きとし生けるものらはすべてお前に導かれ
列をなしてわが前を通り行き　お前の教えによって俺は
静かな灌木の茂みに　大気と水のなかに　兄弟らの棲むことを知ったのだ。
そしてまた嵐が森に唸《うな》り　木々を鳴らし
樅《もみ》の巨木が倒れ　あたりの枝々を折り弾《はじ》き
並び立つ木々をもなぎたおし
その音に山が重く　うつろにどよめき叫ぶ時
お前は俺を深い洞窟へと導き　俺に
自分を見ることを教えてくれた。そのとき自分自身の胸のうちの
深い秘密と驚異が俺に開かれたのだ。
そして　やがてわが前に澄み渡った月が
穏やかな光とともに現われると
岩々のはざまから　雨に濡れた茂みから　銀いろの微光のうちに
太古から伝わる幻の姿の数々が漂い出し
ひたすらに見　考えんとする心を和《なご》ませてくれる。

ああ　だが　人間には十全なるものの与えられることの決してない
ことが俺の心を刺す。お前は俺のこの歓び
わが身を神々に近くまで運ぶこの歓びに
あの道連れを添えずにはいなかった。今ではもう
あいつなしで何ができようか。しかもあの冷たくも厚かましい一瞥《いちべつ》に
俺はわが身の卑劣さを思い知る。そして虚無へと
あいつの一言が　お前の贈ってくれたすべてを変ずるのだ。
あいつは俺のなかに荒々しい炎をかき立て
あの美しい姿へと煽《あお》り立て
俺は欲望から享楽へ　享楽のうちから新たな欲望へと
よろめき　渇き　突き走る。

　メフィストーフェレス登場。

メフィスト　さてそろそろ　ここの生活にも飽《あ》きがきましたかな?
ひとつことがそう長びいて　楽しい訳はありませんよ。
何にせよ試してみるのは　まあいいですが

さあこの辺でまた　新しいことを始めましょうや！

ファウスト　折角の俺の平和を乱すより
何かもっとましなことでも見つけたらどうだ。

メフィスト　ええ　ええ　お邪魔は致しませんよ
しかつめらしく言われずとも判ってます。
可愛げもなく　突っけんどんで無愛想なお仲間だ
別れたところでこちらのほうはかゆくもない。
日がな一日手いっぱいに奉仕しても
何が気に入り　何が悪かったのか
それさえ言おうとせんのだからなあ。

ファウスト　こいつは立派な言い草だ！
ひとをうんざりさせて置き　その上お礼を言われたがるとはな。

メフィスト　では伺いますが　あわれな地球の住人の分際《ぶんざい》で
私なしでどんな生活ができたつもりです？
役にも立たぬ空想癖を　まず当分
治して差し上げたのは誰でした？
この私が居なければ　もうとっくの昔

地球を離れ　さ迷い出たはずじゃなかったですか。
何で今になって鷲《わし》みみずくさながらに
こんな洞穴《ほらあな》の狭い岩の割れ目に　坐り込んでいるのです？
まさか蟇蛙《ひきがえる》ではあるまいに　何故じめついた苔や雫に濡れる岩なんかから
乏しい養分をすすり暮しているのです？
さぞかし魅力あふれる生活でしょうなあ！
あなたにはまだ学者がこびりついて取れてませんぜ。
ファウスト　どんな新しい生命の力が　この荒野を歩きめぐるうちに
俺のなかに甦ってくるか　お前にそれが判るのか？
そうとも　もしお前が俺のこの仕合せを予感だにできたなら
悪魔のそねみに駆られ　それをぶちこわそうとせずにはいられまい。
メフィスト　超地上的な喜びですなあ！
夜到れば露に濡れて山野《さんや》に伏し
天と地を歓びにふるえて抱擁する。
ふくれる胸に自らを神とも擬《ぎ》し
予感のうながすままに大地の核を掘り当てる。
神の六日間の偉業をわが胸に感じ

誇りあふれる力のうちに何をお楽しみかは知らないが
愛の歓喜に燃えつつ万物のうちへ流れ込み
地球の子の限界を忘れ
そして訪れるは崇高なる哲学的直観――
（ある身振りをしてみせながら）
さてその結末がどうつくかは――ちょっと口では申せません。

ファウスト　いまいましい奴だ！

メフィスト　　　　いやごもっとも
いまいましがって当然だ。
ご清潔な耳のそばでは言っていけないことがある
ご清潔なお心だってそれなしでは済まぬのですがね。
まあいいですよ　お邪魔立ては致しません
折々は自分をだましておくのも悪くない楽しみだ。
ただそう長くはあなた自身が続きませんぜ。
もうそろそろ苛々《いらいら》してるご様子だ
それがこのまま昂じれば
やがては荒れ狂うか　憂鬱《ゆううつ》症ですよ！

閑話休題《かんわきゅうだい》！　それよりも　可愛いあの子が気も鬱《うっ》し
胸ふたがって閉じ籠もっているのを御存知ですか。
あなたの面影が去りもやらず
あなたを思い焦《こが》れてやつれています。
最初こそあなたの恋の激情は
雪解《ゆきど》け時の小川のように溢《あふ》れ出て
あの子の胸いっぱいに流れ込んだが
今やその小川に涸《か》れた河床が見え出す始末だ。
私なんぞの思うには　森でひとり威張っているより
年端《としは》も行かぬ小娘の
恋に報《むく》いてやるほうが
偉い旦那にふさわしいですぜ。
可哀そうに　時間の歩みものろのろと
よるべなき身を窓辺に寄せて　古い市壁の上を流れる
雲の行き来を眺めてますよ。
ああ羨ましい　空飛ぶ鳥がと　嘆きつづける歌声が
昼は一日　夜は夜中まで　聞えてきます。

やっと気を取り直したかと思えば　すぐにまた気が滅入《めい》る
思いのたけを泣いたあとは
ともあれ見かけは気も静まるが
恋の思いばかりは深まる一方です。
ファウスト　蛇め！　蛇め！
メフィスト　（傍白）ほら見ろ！　引っかかったぞ！
ファウスト　悪党め！　消え失せろ！
あの美しい女のことを口にするな！
もう半ば狂った俺の官能に
あの甘い肉体への欲望をまたかき立てるな！
メフィスト　立派な台詞《せりふ》だ。あの子はあなたが逃げたと思っていますよ
事実逃げ出したも同然じゃないですか。
ファウスト　俺はあの子とともにあるのだ　よしや遠く離れたとしても
忘れるはずはない　失うはずはない
そうだとも　あの唇が触れるかと思えば
主《しゅ》の聖体さえねたましくなる。
メフィスト　ごもっとも！　こちらだってあなたを随分嫉《や》いたものですよ

薔薇の蔭《かげ》で草を食《は》む仔鹿の双子が羨ましくてね。

ファウスト　さっさと姿を消せ　取り持ち屋！

メフィスト　　　いやお見事！　怒られるほど笑いたくなる！
童貞処女をつくりなさった神さまご自身が
すぐさまそれなりの機会を二人に作る
ご自分の高貴な義務に気がつかれたのですよ。
さあ出かけましょう　まったく何んて悲壮な顔してるんです
あなたの行くのはあの子の部屋で
何もあの世なんかじゃないんですよ。

ファウスト　あの腕のなかで天上の喜びを味わい
あの胸の火照《ほて》りにわが身を暖める
だが俺はその時　一瞬たりとてあの少女の苦しみを感ぜずに済むのか？
俺は逃亡者ではないか？　俺は家を捨て
生の目的も安らぎもなきひとでなし
たぎり落ちる滝の如く岩から岩へとぶつかり弾け
欲望に駆られるまま深き淵《ふち》へと落ち続けるものではないのか？

少女はその激流から遠く離れ　官能をまだ子供らしくまどろませたまま
高山の陰に小さくひらけた草地の小屋に住み
その日々の営みのすべては
小世界のなかに護《まも》られていた。
そしてこの俺　神の憎しみを受けたこの俺は
岩々をわが手に摑《つか》み
粉々に砕いたことにも
なおあきたらず
少女を　その平和を　葬らずにはいなかったのだ！
おお　地獄よ　お前はこれほどの犠牲が是非にも要ったのか！
手を貸せ　悪魔め　この不安の時間を切り上げるのだ！
避けえぬことは　すぐにこそ起きよ！
いざよし　たとえ少女の運命がわが上に崩れ落ち
二人ともども破滅の淵へ落ちようとも！
メフィスト　おお　沸き立ってますね　燃え上ってますね！
さあ行って　慰めておやりなさい　阿呆なことは言わないで！
とかく脳味噌の足りない方は　ちょっと出口が見つからないと

死だの破滅だのと騒ぎ出す。
粘り抜く奴こそ万歳だ！
あなたも結構悪魔めいて来たけれど
絶望に狂う悪魔ほど趣味の悪いものは
宇宙広しといえどもありませんぜ。

グレートヒェンの部屋

グレートヒェン（紡《つむ》ぎ車の前にひとり坐り）

安らぎは消え
胸は重い
平和な日は戻らない
二度と。

あの人の居ないところは

墓場
世界の何処も
苦しみでにがい。

わたしのかわいそうな頭は
接ぎ目が外れ
わたしのかわいそうな心は
こなごな。

安らぎは消え
胸は重い
平和な日は戻らない
二度と。

窓に立てば眼が
あの人を探す
町へ出れば足が

あの人を探す。

雄々しいあの歩き方
気高いあの姿
口元のあの笑い
あの眼の力

そしてあの言葉の
魔法のような波
あの手の厚み
そして　ああ　あの口づけ！

安らぎは消え
胸は重い
平和な日は戻らない
二度と。

わたしの身体は　おお神さま！　どよめきます
あの人が欲しいと。
ああ　あの人をつかまえたい
あの人を抱きしめたい

そして思いのたけ
口づけしたい
あの人の口づけに
息が絶えたらいい！

マルテの庭

マルガレーテ。ファウスト。

マルガレーテ　約束して頂きたいの　ハインリヒ！

ファウスト　できることなら何でも！
マルガレーテ　ねえ　宗教のことをどう思っておいでなの
あなたって本当にいい方だけど
でも宗教をあまり大事にしていないでしょう？
ファウスト　やめよう　その話は！　私の気持はお前も判ってくれている
愛する人たちのためになら喜んで血を流しもしようし
誰にせよ　その感情や信仰に邪魔立てなどは決してしない。
マルガレーテ　そういうのはよくないの　ご自分が信じなくちゃ！
ファウスト　自分が？
マルガレーテ　ああ　あなたのために何かできたらねえ！
あなたは教会の秘蹟《ひせき》も敬っておいでではないでしょう。
ファウスト　敬ってるとも。
マルガレーテ　でも他人事でしょう。
ご自分ではミサにも懺悔《ざんげ》にも　もう長いこと行っておいでではないわ。
あなた　神さまは信じておいでなの？
ファウスト　ねえ　可愛い人　いったい誰が
自分は神を信じると　口に出して言い切るだろうか？

司祭たちや賢者たちにたずねてごらん
彼らの答えはきっと　たずねた人を
馬鹿にしているみたいに　聞えるに違いない。
マルガレーテ　　じゃあ信じておいでないのね？
ファウスト　そういう意味じゃない　おお私の天使！
いったい誰が　あの方の御名《みな》をあえて口に出したりするだろうか？
そして私はあの方を信じると
言葉にして言ったりするだろうか？
そしてまたいったい誰が　心のなかに感じるものを持ちながら
私は信じないと
あえて言い切ってみたりできるだろうか？
すべてのいのちを包み込む方
すべてのいのちを支えるあの方――
あの方こそがお前のことも私のことも　そしてご自分をも
包み支えていらっしゃるのじゃないだろうか？
上を見上げれば　果てしない空が無限に拡がっているじゃないか？
足の下では　堅固な大地がしっかりと世界を支えているじゃないか？

そして天空には永遠の星々が
優しく輝きながら　その歩みを進めているじゃないか？
こうして私がお前の眼のなかを覗《のぞ》き込めば
お前の胸と心を目指して
宇宙のあらゆるものがどよめき迫ってきて
永遠の秘密であり続けながら　なお
見えぬまま見えるものとして　そのいのちを輝かすじゃないか？
その時　いのちの輝きに胸をいっぱいにし
その充たされてある思いの　この上ない喜びに心うたれたならば
それをお前の思うがままに名づければよい
幸福とでも　わが心の充溢《じゅういっ》とでも　愛とでも　また神とでも！
私にはそれを呼ぶべき名はない　私には
それはただ　それに触れえたという思いであるのみだ。
名辞とはただ響き　ただ煙
燃え上がる天上の炎のまわりに立ちこめる靄《もや》に過ぎないのだ。
マルガレーテ　みんなほんとにその通りみたいねえ
牧師さまのおっしゃることも似ているわ

ただ少し違う言い方ですけれど。

ファウスト　世界中どこへ行っても　この天の下に住む以上
すべての感じる心はみな同じことを
それぞれ自分固有の言葉で言っている。
だから私も自分の言葉で言っていけないはずがあるだろうか。

マルガレーテ　そう聞けばその通りにも思えるけれど
でもやはり何処か変なところがあるわ
だってキリスト教を信じておいででないでしょう?

ファウスト　ああ　お前!

マルガレーテ　私　前からとても厭《いや》だったの
あなたがあの人と一緒なのが。

ファウスト　どうして?

マルガレーテ　あなたがいつもご一緒のあの人が
私には魂のいちばん奥底でどうしても好きになれないの。
今までには決してなかったことだけど
あの人の不愉快な顔つきが
心に刺さったとげになって取れないんです。

ファウスト　赤ん坊だなあ　あんな男　こわがることなどないのに！
マルガレーテ　あの人がいると何故か血が凍《こご》えるみたい。
いつもは私　ひとを嫌ったりしないのに
あなたにお会いしたいと思うと　すぐに
あの人を思い出して心が震え
あれは悪い人に違いないって気がするの！
神さま！　もし勝手な思い込みでしたなら　どうかお宥《ゆる》し下さいまし！
ファウスト　ああした奴も　やはりいないと困るのだよ。
マルガレーテ　ああいう人とつき合うのは厭！
戸口から顔を出すと　いつもすぐ
嘲《あざ》けるようになかを眺めまわす
そのくせ何処かいつも不機嫌で。
何にも親身《しんみ》になれないたちだってすぐ判る
あの人の顔を見れば書いてある
ひとを愛することができないって。
あなたの腕に抱かれていると本当にいい気持
とてものびのびして暖くて　まかせ切った感じなのに

あの人の姿が見えると身体の芯《しん》が急にぎゅっと縮まるの。
ファウスト　無邪気な天使の心には　すべてが映るのだろうか!
マルガレーテ　私は縛られたみたいになって
あの人が私たちの方に近づいてくると
あなたなんかもう　好きじゃないって思うぐらい。
あの人がそばにいるともうお祈りもできなくなる
それが私とても苦しいの。
あなただってハインリヒ　きっと同じお気持に違いないわ。
ファウスト　生れつき気が合わないのだよ　お前とは。
マルガレーテ　——もう帰らなくちゃ。
ファウスト　　ああ　いったい　いつになったら
ただの一時間でいい　時間を気にせずお前と寄り添い
胸と胸　心と心とで求め合えるのだろう?
マルガレーテ　ああ　私がひとりで寝るのだったらねえ!
本当はあなたのために　今晩にだって閂《かんぬき》を開けて置きたい
けれど母さんは眠りが浅いたちなの
もしあなたと一緒のところを見つかりでもしたら

私その場で死んでしまうわ！
ファウスト　ねえお前　そんなこと何でもありはしない。
ほらこの小さな瓶から　たった三滴
母さんのお飲み物にたらして置きさえすれば
気持よくぐっすり眠って　決してお眼を覚ましたりなど　されはしない。
マルガレーテ　私　あなたのためになら何だってすることよ。
これ母さんに毒にならないといいのだけれど。
ファウスト　毒をお前に使わせると思うのかい？
マルガレーテ　私ね　何故か　あなたのお顔を見ていると
何でもあなたの言いなりになってしまうの。
あなたのためには随分いろんなことをしてしまったわ
今はもう　して上げることが何も残っていないくらい。（退場）

メフィストーフェレス登場。

メフィスト　可愛い演説屋さんは　もうお引き取りになったかな？
ファウスト　また盗み聞きか？

メフィスト　いや　とっくりと聞かせて頂きました。
大先生も教義問答には冷汗流しておいでしたね
望むらくは　これでお迷いが抜けますように。
女の子たちはいつもひどく気にするものですよ
相手の男が良風美俗に従って　信仰深く真面目かどうかを。
その点でおとなしい人ならば　自分の尻にも敷かれようっていう算段です。
ファウスト　お前のようなものには判らないのだ
あの愛すべき誠実な魂が
信仰の思いに充たされ
それだけが真実の喜びを与えてくれるという思いに充たされ
しかも最愛の男が既に神に見捨てられた存在であるとしか思えず
こころ気高くも　どんなに苦しんでいるのか！
メフィスト　おお　感性的にして超感性的なる求婚者氏よ
たかが女の子に　よくもまあ引きずりまわされたものですなあ！
ファウスト　犬め！　何でも賤《いや》しめずにはおられぬ性根《しょうね》か！
メフィスト　それにしても　あの子は大した人相見ですねえ
私がいるだけで　何故か判らぬくせに判ってしまう

私のご面相が隠した心まで語ってるとか。
あの子の勘では　私めはただものじゃない
ひょっとしたら悪魔かもというのだから恐れ入る。
さてと　今晩ですな――？

ファウスト　お前なんぞと関係ない！

メフィスト　いや　私までが嬉しいのでして！

湧き井戸のほとり

グレートヒェンとリースヒェン。水がめを手に。

リースヒェン　ベルベルヒェンのこと聞いた？

グレートヒェン　なんにも。私ちっとも外へ出ないから。

リースヒェン　ほんとなのよ　ジビレが今日言ったんだから！
あの子とうとう　しくじったんだって。

お行儀のいいことね。
グレートヒェン　何のこと？
リースヒェン　いやらしい話！
あの子いまじゃあ　飲んでも食べても二人前　ですってよ。
グレートヒェン　まあ！
リースヒェン　まったくいい報《むく》いだわ。
もうずっと　あの男にくっつき放し！
散歩だって
村でのダンスの時だって
いつだって女王さまじゃなけりゃ気が済まない
お菓子や葡萄酒でちやほやされてさ
よっぽどきれいだって気になっちゃって
女の身持も恥もみんな忘れて
男から贈物もらっても当り前って顔。
散々撫《な》ぜられたり　なめられたり
とどのつまりが花散りぬよ！
グレートヒェン　可哀そうに！

リースヒェン　あんた　可哀そうがるの！
こっちは日がな一日　紡《つむ》ぎ車の前に坐って働きづめで
夜になりゃなったで母さんが　外に出しても呉れないのに
あの子は男に甘えて　しなだれかかってさ
戸口に坐ったり　暗い廊下でいちゃついたり
時の経つのも忘れてたのよ。
今度こそ　わが身の馬鹿を思い知って
ふしだら女の肌着姿で　懺悔《ざんげ》をさせられりゃいいんだわ！
グレートヒェン　あの男の人　きっとおかみさんにすることよ。
リースヒェン　そんな頓馬《とんま》なものですか！
気の利いた若い男ならどこだって　勝手気ままに暮せるのよ。
あいつだってとっくのとうに逃げ出したわ。
グレートヒェン　まあ　ひどい！
リースヒェン　万一男をつかまえたって　あの子にいい目をさせやしない。
若い男たちは花嫁から　乙女の花冠《はなかんむり》を引きちぎろうと待ちかまえてるし
あたしたちだって花の代りに　戸口に切り藁《わら》を撒《ま》いてやるわ！　（退場）
グレートヒェン　（家へ帰りながら）

私も昔　可哀そうな女の子が何か間違いをしたりした時
何故あんなに元気よく　悪口《わるくち》が言えたりしたのだろう？
よその子の犯した罪が話に出ると
どうしてあんなにとめどなく　言い募《つの》ったりできたのかしら！
黒い上にもなお黒く　塗りつぶさなけりゃ気が済まず
それでも黒が足りない気がし
自分ひとりは罪に関係ないと　思い上っていたものなのに
今では自分自身が罪にさらされている！
けれども　やっぱり——ああ神さま！　罪へと私を追いやったものは
みんなとても素敵でした！　とても嬉しいことでした！

市壁に沿った小路《こうじ》

壁の窪みに悲しみの聖母像。その前に花立いくつか。

グレートヒェン　（花立のそれぞれに新しく切ってきた花をさす）

ああ　痛み多き聖母さま
恵み深き御心《みこころ》で　どうか私の苦しみに
お顔を向けて下さいまし！

御胸《みむね》を刃《やいば》に貫《つらぬ》かれ
あまたの苦しみに耐えながら
御子《みこ》の死を見守っておいでの聖母さま！

その御《おん》まなざしは　天にまします父を仰がれ
御子とご自身の苦しみを嘆いての
深い吐息を御空《みそら》へお送りの聖母さま！

誰が知ってくれましょう
私の骨身をえぐる
この苦しみを？
このあわれな胸の不安

この恐れ　この憧れ
それを知って下さるのはただ　あなたばかりでございます！

何処へ私が参りましょうとも
どんなに苦しく　苦しく　苦しく
この胸が痛み続けることでしょう！
ああ　ひとりになればすぐに
泣いて　泣いて　泣くのです！
私のなかで胸が破れ裂けます。

あなたに差し上げますこの花を
今朝方早く切った時も　ああ
花の植わっています窓辺の鉢が
朝露代りの涙で濡れました。

朝日が明るく東に昇り
私の部屋へ差し込んだ時

私は嘆きのあまり眠れずに
もう寝床に坐っておりました。
聖母さま！ 恥と死から私を どうかお救い下さいまし！
ああ 痛み多き聖母さま
恵み深き御心で どうか私の苦しみに
お顔を向けて下さいまし！

夜

グレートヒェンの家の前の街路。

ヴァーレンティン （兵士、グレートヒェンの兄）
俺も以前は酒飲み仲間によくつき合った
そういう時はいつもすぐ 自慢話が花盛り

誰もがみんな声高に　娘十八花開く
手前《てめえ》の色ののろけを始め
飲んじゃあ誉め　誉めちゃあ飲むの大騒ぎだ——。
さて俺はと言えば片隅に　慌てず騒がず腰を落ち着け
机の上に片肘ついて
大ぼら小ぼらに耳を傾け
余裕もたっぷりひげを撫《な》ぜ
盃なみなみ手元に引き寄せ
それからやおら言ったものよ　たで食う虫も好きずきだ！
とは言え広いこの国で　いったいどこのどの女が
俺の可愛いグレーテルに　かなうのか
俺の可愛い妹の　足元にだって寄れるのか？
そうとも！　そうだ！　乾盃だ！
あちらこちらで声が挙がる　あいつの言うのに違いはないぞ！
あの子は女のなかでの最高だ！
のろけ野郎どもは口をつぐんで坐り込んだものよ。
それが今ではどうだ！　——髪かきむしり

壁に頭をぶつけてくたばりやがれ！
あっちの馬鹿もこっちの阿呆も鼻うごめかし
ちらり言っては俺をあざける！
こっちは借金男みたいにへたり込み
耳に飛び込む一言毎《ごと》に冷汗かかねばならない始末だ！
片っ端から叩きのめしてやりたいのは山々だが
大ぼら吹きと罵《ののし》れないのが胆《きも》を嚙む。

あの人影は何だ？　闇に忍んで近よって来るぞ。
俺の見違いでなけりゃ二人連れだ。
もしあいつなら　襟首摑《つか》んで
生きてここから帰すものか！

ファウスト。メフィストーフェレス。

ファウスト　あそこの教会の聖物堂の窓からは
永夜燈の輝きが暗い空へむかって立ちのぼっているが

それから一歩外れれば光はたちまち弱くなり
周囲から夜の闇がひしひしと迫ってくる！
俺の胸はこの夜にも似て　ただ一点の光のほかは暗い闇に閉ざされた。
メフィスト　こちらの胸は春の猫にも似て　うずく心にじれています。
火消梯子の脇をこっそり通り
抜き足さし足　壁ぞい歩き
何を盗もうか　どの子とやろうか
ちょっぴりむずむずするのも心嬉しい気分ですなあ。
この身体中がむずつく感じは
間違いなし　あの素敵なヴァルプルギスの夜の前兆ですぜ。
あさってには　そいつがまた巡ってくる
あの夜こそは夜っぴて起きていても　起きて居甲斐があるというものでさあ。
ファウスト　例の宝もそれまでには土のなかから現われるのだな
今はあそこの奥の方で　光だけがちらちら見えているが？
メフィスト　ええもうすぐ間近ですよ
あの壺を手にとってみるお楽しみも。
先だっても覗《のぞ》き込んでみたんですが

獅子《しし》の紋章付きの見事な銀貨がざくざく詰まってますぜ。
ファウスト　髪飾りか指輪でもなかったか
可愛いあの子の飾りになるような？
メフィスト　たしか　何やら見たな　真珠でもつらねたような。
紐みたようなものだったかな。
ファウスト　そいつはいい！　土産なしで出かけると
いつも心が痛むのだ。
メフィスト　只で何かを楽しんだって
今更気に病むことはないと思いますがね。
さて　空も満天の星に輝いていますこと故
正真《しょうしん》正銘《しょうめい》の芸術作品をひとつお聞かせいたしましょう。
これはまったく道徳的な歌で
あの子もまた格段と心がしびれましょう。

ツィターを鳴らしながら歌う。

何をしてるの

3690

彼の家の前で
夜も明け切らぬに
カタリーナちゃん?
やめな　やめなよ
男はこわい
戸口ぐるは娘でも
出てくる時は散った花。

用心　用心　ご用心!
ご用が終れば
男はさよなら
可哀そうなのは娘っ子!
わが身大事に思うなら
そこらうろつく泥棒猫に
決して何もやるまいぞ
指に指輪をはめるまで。

ヴァーレンティン （進み出る）
誰が目当てだ？ 畜生！
いまいましい笛吹き男め！
まずは楽器だ！
次はにやけ野郎だ！
メフィスト ツィターがまっぷたつだ！ もうおしゃかだな！
ヴァーレンティン さあ 今度は頭がまっぷたつだ！
メフィスト （ファウストに）
そら先生 逃げるんじゃない！ 勇気を出して！
私にぴったりくっついて 私の指図通りにやるんです。
お腰のはたきを抜くんですよ！
さあ突いて 突いて！ 防ぐのはこっちにまかせなさい！
ヴァーレンティン ほら 受けてみろ！
メフィスト お安いご用！
ヴァーレンティン これは どうだ！
メフィスト よっしゃ！
ヴァーレンティン 受けやがる こいつは悪魔か！

おや　どうしたんだ？　手が動かぬ！

メフィスト　（ファウストに）突くんですよ！

ヴァーレンティン　（倒れる）　無念！

メフィスト　うるさい野郎もこれで静かだ！
さて　尻に帆を掛けろ！　一秒だってぐずついてはいられません。
すぐにも金切り声が聞えますよ。
警察なんぞはどうともしますが
神さま持ち出す重罪裁判所は苦手なんでさ。

マルテ　（窓で）みんな　大変！　大変だよ！

グレートヒェン　（窓で）　誰方《どなた》か　灯りを！

マルテ　（同じく窓で）喧嘩だよ！　斬り合いだよ！

群集　あそこに一人　倒れているぞ！

マルテ　（出てくる）やった連中は逃げちまったのかい？

グレートヒェン　（出てくる）誰　倒れているのは？

群集　お前のおっかさんの息子だ。

グレートヒェン　神さま！　なんてことが！

ヴァーレンティン　俺は死ぬ！　口でそう言うはやさしいが

実際死んでみりゃもっと簡単だ。
なんでお前ら女ども　そんなに突っ立ったまま泣きわめく？
いいからこっちに寄って来て　俺の言うのを聞きやがれ！　（みな近よる）
なあ　グレートヒェン　よく聞けよ！　お前はまだ乳臭く
東も西も判っちゃいねえ
何をやってもへまばかりだ。
俺の口からお前にだけ　打ち明けておくことがある
いいか　お前は淫売なのだ
神さまの思《おぼ》し召《め》しならそれも仕方ねえ。
グレートヒェン　兄《にい》ちゃん！　いったい何言うの？
ヴァーレンティン　今更騒いだって始まらねえ。
起きたことは起きたこと
あとはおきまりの道筋だ。
初めはこっそり　ひとりを相手のつもりだろうが
すぐさま人数がふえて行く
それがダースを越えたあとは
町中相手にどうせなる。

やがて恥の赤子が腹に宿れば
生み落すのも人目を忍び
連れ歩くにも夜の闇まぎれだ
できようことなら闇のなかへ葬りたい
と言ううちさえも子は育つ
そうなりゃ昼日中だって出歩くぞ
と言ったって恥の子の恥が洗われる訳じゃない。
お陽さまの下に出れば出る程
醜い恥をなおさら醜く
人目にさらして歩くんだ。
その日のことがもうありありと眼にうつる
およそまともな奴らはみんな
疫病の死骸でも見たかのように
そそくさお前のそばをやい売女《ばいた》め！　避けて通るぞ。
連中がお前の眼を覗き込む時のさげすみに
お前の胸は張り裂ける！

お前の首を金の鎖が飾ることはもう決してない！
教会で祭壇のそばにはもう立てぬ！
きれいなレースの衿飾りをして
ダンスを楽しむことはもう許されぬ！
薄暗い嘆きにみちた片隅で
世に捨てられた仲間のうちに身を隠し
たとえ神さまはお宥《ゆる》し下さろうとも
この地上にある限り呪われ続けて終るのだ！

マルテ　今もう神さまのお慈悲におすがりし　魂の救いだけをお願いおしよ
これ以上罰当りなことを言うのはやめて！

ヴァーレンティン　俺にまだお前のひからびた身体をへし折れたらな
恥知らずの取りもち婆《ばばあ》め！
そうすりゃ俺の生涯の罪も
みんな帳消しになろうってもんだ。

グレートヒェン　兄ちゃん！　痛いでしょうねえ！

ヴァーレンティン　頼むぜ　涙はご免だ！
お前が操《みさお》を捨てたその時に

俺は治りようのない深手を負ったのよ。
今はもう　死んで休ましてもらうことにする
立派な兵隊として神さまのところへ俺は行くんだ。（死ぬ）

教　会　堂

ミサ。オルガンと歌。
大勢の人々にまじってグレートヒェン。
グレートヒェンのうしろに呵責《かしゃく》の霊。

呵責の霊　何と違った日々のなかに　グレートヒェンよ　お前は生きていたことか
お前がまだよごれを知らぬ心を懐《いだ》き
この祭壇の前に進み出て
擦り切れた祈禱書を手に
半ば子供の遊びのなかにまどろみつつ

半ば神を心に懐きつつ
まわらぬ舌でお祈りを唱えていたあの頃。
グレートヒェン！
お前は何を考えているのだ？
お前の胸のなかには
何という悪行が隠れているのだ？
お前は母の魂のために祈ろうというのか　お前の手がその母を
眠りのなかから懺悔《ざんげ》もさせず　長い長い煉獄《れんごく》での苦しみへ引き渡したというのに？
誰の血だ　お前の家の敷居に流れたのは？
――そしてお前の身体のなかには
次第にふくれつつ動くものがないのか
あってしまうということの恐ろしさでお前の心を不安に充たし
自分自身も不安にふるえているものが？
グレートヒェン　苦しい！　ああ！
この思いから逃《のが》れられたら！
いつも同じ思いが
私の心にまつわりつく。

合唱　怒りの日やがて来たりて
世界をば灰と焼き尽さん。

オルガンの音。

呵責の霊　神の怒りがお前を掴《つか》む！
天使らのラッパが鳴り響く！
墓がゆらぎ倒れる！
そしてお前の魂は
灰の眠りから
永遠の炎の責苦のなかへと
呼び起こされ
畏《おそ》れに震えるのだ！
グレートヒェン　ここから逃げられたら！
オルガンの音が
息をつまらせる
歌声が心の奥底を

ぼろぼろにする。

合唱　裁くものその高御座《たかみくら》にのぼる時
隠されしもの顕《あら》われ
償《つぐな》われざるものなかるべし。

グレートヒェン　ああ　身がしめつけられる！
石壁にのびる細い石柱の束が
四方からかぶさってくる！
円天井が頭を押えつける！
苦しい！　息が！

呵責の霊　汝の身を隠すがよい！　だが罪と恥辱は
隠されることがない。
空気が欲しいか？　光が欲しいか？
あわれなお前だ！

合唱　その日あわれなるわれ何をか言いえむ？
裁き手へのとりなしを誰にか乞わむ？
義《ただ》しきものさえその前に面《おもて》を挙げえざるに。

呵責の霊　光を得たものたちは

その顔をお前からそむけよう。
お前に手を差しのべんとして
汚《けが》れなきものたちは戦《おのの》こう。
あわれなお前！

合唱　その日あわれなるわれ何をか言いえむ？

グレートヒエン　もしお隣りの方！　お手元の気つけの瓶を！

気を失って倒れる。

ヴァルプルギスの夜

ハールツ山中。シールケ、エーレント附近。
ファウスト。メフィストーフェレス。

メフィスト　ほうきの柄がほしくはなりませんかね？

すごく丈夫な牡山羊が一頭いてくれりゃ　大いに助かるんだが。
この道を歩いて行くんじゃ　まだまだ先が大変だ。
ファウスト　二本の足が元気なうちは
このこぶだらけの杖で充分。
近道したって何になる！
谷間の小道を迷いつ辿り
さてこの岩をよじ登り
小さな滝の止むことなく　泡立ち落ちる上に立つ
これこそ山道歩きの楽しみだ！
春はもう白樺の林にそよぎ息づき
樅《もみ》の木さえその気配《けはい》を感じている
俺たちの手足にだって春の生気が動いているぞ！
メフィスト　本当の話　私めは春なんぞ少しも感じやしませんぜ！
こちとらの身体は冬の真っ最中
この道の行手にも雪や霜こそあればいい。
何ともはや悲しげな顔つきで　赤い半欠け月が昇ってきて
出遅れた光を投げ始めたが

あれじゃいかにも暗過ぎる　お陰で一歩行く毎《ごと》に
木にぶつかったり　岩にぶつかったりだ！
お許しをば頂いて　鬼火でも呼ぶことに致しましょう！
あそこにひとつ　陽気に燃えている奴がいる。
おおい！　お若いの！　済まんがこっちへ来てくれないか？
そんなところで無駄に燃えてて何になる？
いい子だから登って行く俺たちの足元を照らしておくれ！

鬼火　畏《おそ》れかしこみ　心から　ご指示に沿いたく存じますが
浮いてさまよう本性ゆえ　うまくそう行きますことか
ジグザグに動いて行くのが習慣なのです。

メフィスト　やい！　やい！　人間どもの真似をするつもりかね。
いいから悪魔の名にかけて　真っ直ぐ曲がらず行きやがれ！
でないとお前さんのちらつく炎を吹き消すぞ。

鬼火　あなたさまがご主人筋であることは　とくと存じておりますし
お言いつけは喜んで守るつもりです。
けれどもどうか事情ご賢察を！　何しろ今日は山中が魔界のものの無礼講《ぶれいこう》で
まして鬼火に道案内させる思《おぼ》し召《め》しなら

あまりにきびしいご注文は　どうもご無理かと存じます。

ファウスト　メフィスト　鬼火　（交互に歌う）

夢と魔法の国のなかへ
どうやら俺たちは踏み込んだぞ。
心ひきしめ道案内し
広く荒ぶる山ふところへ
見事俺たちを行きつかせてくれ！

さあご覧なさい　森の木が
飛んで流れて過ぎ行くでしょう
のしかからんばかりの絶壁や
奇妙に突き出す岩鼻が
風にきしんで鼾《いびき》をかいて　耳をかすめて鳴ってるでしょう！

岩々を縫い　草地にうねり
幾筋もの川々が　眼の下遥かを流れて行く。
ここまで聞えるあの声は　水の流れか歌声か？

はたまた天上の仕合せ知ったあの日々の声
あどけなき恋を失い嘆く声なのか？
ああ何という希望　何という愛を　われらは胸に育《はぐく》むことか！
そして古き時代からの伝説にも似て
その名残りばかりが木魂《こだま》する。

ウーフ！　シューフ！　鷲《わし》みみずくの声が近づくぞ
ふくろう　たげりに深山鴉《みやまがらす》も
みんな眠らず起きてるのだな？
茂みを行くのは　いもりじゃないか？
長い足にふくれた腹だ！
蛇かと思えば長い根っこが
砂と岩からうねり出て
怪しげな紐さながらにからみつき
俺たちをおどかすつもりか　摑《つか》まえる気か
肌もあばたに息づく木瘤《きこぶ》から
蛸のような足を拡げ

道行くものをおびやかす。その上ねずみどもまでが
色も取りどりに群をなし
湿った苔地も乾いた荒地も　かまうことなく駈けまわる！
あたりを飛び交《か》う蛍らも
邪魔をする気か仲間のつもりか
押し合いへしあい　ついてくる。

だが言ってくれ　いったい俺たちは
止っているのか　進んでいるのか？
あいつもこいつも　何でもかんでも
岩も木もしかめっ面でぐるぐるまわり
そして鬼火たちの数がふえ始め
しかもみんな見事にふくれ上がるぞ。

メフィスト　しっかり私の裾におつかまりなさい！
ここがいわば中の峠と言ったところで
ほら見事なものでしょう
山のなかに埋められた金銀財宝が光ってますよ。

ファウスト　なんとも奇妙だ！　土の層をいくつも透《すか》して
朝焼けのような光がうっすら滲《にじ》み出ている。
そして底なしの深い谷間の底にまで
その光はつながっている。
あちらでは湯気がふき出し　こちらには硫黄《いおう》の気が立ちこめ
靄《もや》と霞《かすみ》のうちから輝きが射し出す。
輝きはすぐ　細くからみ合う糸のように地を這い
やがて　噴《ふ》き上がる泉のように燃え上がり
ここでは幾百本もの血管を伸ばし
谷を一挙に搦《から》め取ろうとしているかと思えば
あそこではたちまち一本ずつに分かれて
片隅の狭い岩の割れ目にまで潜《もぐ》り込んでいる。
と見るうちに　すぐそこでは火花が飛び散り
まるで金の砂を撒《ま》いたかのようだ。
そしてほら！　あんな高いところで
岩の壁が燃え上ったぞ。
メフィスト　今晩の祭りのために　何とも腕によりをかけて　黄金神め

自分の宮殿を輝かせておりますでしょうが。
これを見られたなんて　あなたも運がいい
早ばやと乱暴な客たちが押しかけてくる気配がしてますからね。

ファウスト　すごい勢いでつむじ風が走ってくる！
俺の首筋を風が叩きつける！

メフィスト　その老いぼれ岩のあばら骨にしっかりお摑まりなさい
でないと　この底なし谷の底の底まで　真逆様《まっさかさま》に吹き落されますよ。

ファウスト　霧が出て夜がますます暗くなった。
ほら　森のなかで木と木がぶつかり合って鳴り
怯《おび》えたふくろうたちが飛びまわっている。
聞こえるか　永遠の緑の王宮を支える大柱《おおばしら》が
次から次へと裂けて行くぞ。
太い枝がきしみ　折れる！
幹が荒々しくどよめいている！
根さえもがぎしぎしと鳴り　ついには大きな口をぱっくりあける！
もつれ合い　からみ合って　すべてはもろともに
重なり倒れて千々《ちぢ》に砕けて行く。

砕けた木々の残骸が積み重なった谷間では
風がなお低く高く　叫び続ける。
ほら聞えないか　空の上のあの声が？
はるかむこうでも　すぐそこでも？
もう山なみの隅々までも
荒れ狂う魔の歌声がどよめいている！

魔女たちの合唱

　魔女はくり出すブロッケン山よ
　切り株は黄いろく　若芽は緑
　山に集まる大軍勢
　天辺《てっぺん》に坐るは魔将軍
　岩も木の根も乗り越えて
　魔女は屁をこく　山羊が臭《にお》い撒く。

声　あの不作法なバウボ婆さんが　はるばるギリシャからやってきたわよ
お供も連れずに　はらみ豚に乗って。

魔女たちの合唱

　偉いお方は崇《うやま》うべきだ！

バウボ婆さんが先頭だ！
でっかい豚に婆さん打ち乗り
あとに続くは魔女の一群。

声　どの道通ってきたの？

声　イルゼの谷間の岩越えよ！
あそこでふくろうの巣を覗《のぞ》き込んだらさ
あいつ両眼ぐりぐり　あたいに色眼使ったよ！

声　　　　　　　　あっ　危い！
何よ　そんなに急いでさ！

声　あいつ　あたしを引っかいてった
見てよ　この傷を！

魔女たちの合唱
　道は広くて　先は遠い
なんでそんなに押し合うの？
　火掻きは引っかかり　ほうきが突っかかり
腹の仔息絶え　はらみ女がはじけかえる。

男の魔たち　半数合唱

俺たち男はかたつむり
家の重さにつぶれるうちに　女どもが先へ行く。
それというのも悪への道なら
女のほうが千歩先。

残り半数の合唱
それはどうでもいいことさ
同じ頂上に行きつくに
奥方さまなら千歩あるく
ところを男はひと跳びさ。

声　（上で）一緒においでよ　岩に囲まれた冷たい湖なんか　飛び出してさあ！

声　（下から）あたしたちだって飛び上がりたいのよ　空高く
だからけがれも汚れもごしごし落して　身体をぴかぴか純粋芸術にしたんだけど
これじゃ子供は生めないかもねえ。

男女の魔たち全体の合唱
風はやんだぞ　星は流れたよ
もの憂い月も顔隠したがる。
ざわめきざわめき　魔たちの歌は

数え切れない火花撒く。

声 （下から）おーい 待ってくれえ！ 待ってくれえ！

声 （上から）岩の隙間で叫んでいるのはいったい誰？

声 （下で）わしも連れて行ってくれ！ どうか連れて行ってくれ！
わしはもう三百年間努力重ねて勉学し
登り続けて まだ頂点をきわめられずにここにいる。
わしも早く同学の士と一緒になりたいのだ。

男女の魔たち全体の合唱
ほうきにも乗れれば 杖にも乗れる
火掻きも飛べば 牡山羊も飛ぶ
　今日一緒に行けない奴は
一生かけても見込みがない。

未熟なる魔女 （下で）
私はもうずっと ちょこちょこ追いかけているばっかり
みんなはもうあんなに先へ行ってしまったわ！
家にいては落ちつかないけど
出かけてきてもやっぱり仲間に入れないわ。

魔女たちの合唱
膏薬《こうやく》塗れば元気つく
ぼろっ布も帆になるし
どんな桶だって船になる
今日飛べない奴は　一生飛べぬ。
男女の魔たち全体の合唱
俺たちは頂上を巻いて歩くから
そちらは大地をねり歩け
そして荒野を見渡す限り
魔の本性で埋め尽せ！

男女の魔たち空中より地に降りる。

メフィスト　押し合いへし合い　ぶつかり合い弾《はじ》き合い！
ざわざわ　がやがや　ぐるぐる　ぺちゃくちゃ！
ぴかぴか　ぱちぱち　ぷんぷん　ぼうぼう！
正真正銘《しょうしんしょうめい》魔女たちの大集会ですなあ！

さあよく私に掴まって！　でないとすぐに　はぐれますよ。
あれ　どこにいるんです？

ファウスト　（遠くで）　ここだ！

メフィスト　何だ　もう巻き込まれちまったんですか？
仕方がない　家柄にもの言わせることに致しましょう。
場所を明けろ！　悪魔の若殿のお通りだ。可愛い姉さんたち　場所を明けろ！
さあ先生掴まって！　そしてさてひといきに
この混雑から抜け出すとしましょう
私みたいなものでも　この馬鹿騒ぎは閉口だ。
おや　あそこの脇の方で　何か風変りな光で輝いているものがあるぞ
何故かあの茂みの方へ　無性に行ってみたくなった。
さあ　さあ　行きましょう！　あそこへ潜り込んでしまいましょう。

ファウスト　天邪鬼《あまのじやく》め！　いいさ　ついて行くよ！
だが　それにしても利巧なやり方だな
ヴァルプルギスの夜にブロッケン山に来ておいて
好きこのんで　こんなところに入り込むとは。

メフィスト　いいから見てごらんなさい　色とりどりにきれいな炎じゃありませんか！

面白い仲間が集ったものですよ
小《こ》人数《にんず》の集りでは　孤独に悩まずに済むんでさ。
ファウスト　いや俺はむこうの方がいい。
そら　真赤に燃えているぞ　煙が渦を巻いているぞ。
みんな群をなして大悪魔の方へなだれて行く
あそこにいれば　いろんな謎が解けるに違いない。
メフィスト　ところがまた改めて　いろんな謎に巻き込まれもするんです。
大世界なんぞは好き勝手に騒がせてお置きなさい
私たちはここで静かに暮そうじゃないですか。
大世界はあってもそのなかに各自好みの小世界をつくる
それが昔からのやり方でさあ。
ほら　あそこで若い魔女っ子たちが生まれたまんまの素っ裸だ
婆さん連は流石《さすが》に肌を隠しているが。
さあ機嫌をお直しなさい
労少なくして　楽しみ多し。
何か楽器が鳴ってますなあ！
ひどい音だ！　こいつを聞くにはよっぽど慣れが必要だ。

さあ　さあ来るんですよ！　四の五の言わずに！
私が先に立ってご案内し
新しいお相手を作ってあげますよ。
ほら　どうです？　狭いどころじゃないでしょう。
ぐるっと見まわしたって　なかなか果てまでは見通せない。
百ものかがり火が列をなして燃えていて
みなみな　踊るやらしゃべるやら　煮るやら飲むやら　はたまた恋を語るやら
どこかよそに行けば　もっといいものがあるとでも言うんですか？
ファウスト　それでお前は　俺ともどもここの世界に登場するのに
魔法使に身をやつすのか　それとも悪魔の正体を現わすのか？
メフィスト　普段なら名前を隠し暮すに慣れていますが
晴れの祭りの日ぐらいは　誰しも勲章光らせるのが世の習いです。
膝下につけるガーター大勲章の持ち合せはないが
ここじゃ蹄《ひづめ》のついた馬の足が高い位のしるしでさあ。
ほらあそこをなめくじが　こちらに這い寄ってくるでしょう
きっとあの眼玉のついた触角をうごめかして
私の身分を嗅ぎつけたんですよ。

自分のつもりはどうであれ　ここでは素性の隠しようがない。
さあ　渡り歩きましょう　かがり火からかがり火へ
私が口説いて　あなたが楽しむ役割です。

　消えそうな炭を囲む二、三人に近づく。

ご老体方　こんな隅っこで何をしていらっしゃる？
もっと真中にしゃしゃり出たほうが利巧ですよ
若いもんの乱痴《らんち》気《き》騒《さわ》ぎに物怖《ものお》じせずに。
ひとりぼっちでいるのは誰だって　家にいる時だけで沢山だ。
将軍　いかにお国のために粉骨砕身《ふんこつさいしん》いたそうとも
その労に報《むく》いられることはあまりに少ない。
それと申すも大衆は女子供にげにも似て
たちまち青二才どもに人気を移すのじゃ。
大臣　今は万事　正道から外れた時代なのだ
かつての人々は立派であった。と申すのも
言わずと知れたことながら　われらが重んぜられていたあの時代

あれこそがまことの黄金時代であったのだ。
成り上り者 実際わしらは馬鹿でなかった
お上《かみ》の禁じなさったことも 構わずやってのけたものさ
だが今日この頃は下剋上《げこくじょう》が甚《はなは》だしいぞ
握ったものは離さぬと わしらが決心した折も折に。
作家 いったい今日この頃の時勢にあっては
中庸《ちゅうよう》と叡知《えいち》にあふるる書物をば いったい誰が振り向くだろうか！
更に申せば近頃の若ものたち
何ともはや その小生意気なことは どうであろう。
メフィスト （突然年老いた様子を装い）
老いさらばえた私めが魔女の山に来られるのも これが最後であってみれば
さだめし世界そのものが最後の審判に近づいているに違いなかろう。
私めの酒が濁ってきたからには
世界が破滅へ傾いているんでさあ。
古道具叩き売りの魔女 さあ お立ち合い お立ち合い！
寄ってらっしゃい 見てらっしゃい！
千載一遇《せんざいいちぐう》の大出血

選りどり見どりの珍品ぞろい。
そんじょそこらの店とは違う
ここに並べたは数々あれど
まともな世間と人様《ひとさま》に
仇《あだ》をなしたるものばかりだよ。
血を吸わざりし短剣なく
健康あふれる身体《しんたい》に
猛毒盛らざりし盃もない。
心やさしき乙女子を　誘惑せざりし宝玉なく
堅き盟約断ち切らざりし一振《ひとふり》も
はたまた敵を背後より　貫《つらぬ》かざりし刃《やいば》もないんだよ。
メフィスト　おっと　おばさん！　そりゃ時代遅れってもんだ。
やったことは済んだこと！　済んだことは終ったこと！
もっと近頃の出来事に身を入れるんだね！
新しいことじゃなけりゃ今日《きょうび》受けやせんよ。
ファウスト　まったく正気を失いそうだ！
これはまるで歳《とし》の市《いち》じゃないか！

メフィスト　全体が渦巻きながら　上へ登ろうと競っています。
自分では進んでいるつもりでも　実は押し流されているんです。
ファウスト　あれは誰だ？
メフィスト　よく見てごらんなさい！
リーリトですよ。
ファウスト　リーリト？
メフィスト　アダムの最初の女房です。
あのきれいな髪にはご用心！
あれがあの女の　ただひとつ身にまとっているご自慢の飾りなんです。
髪の魔力で若い男を摑まえれば
もう容易なことでは離しませんよ。
ファウスト　あそこにふたり　婆さんと若いのが坐っているな
大分飛びはねたあとと見える。
メフィスト　今夜はどうして　なかなか休めやしません
また踊りに行くらしい　さあ攻撃をかけましょう！
ファウスト　（若い魔女と踊りながら）
いつぞや俺は見た　素敵な夢を

りんごの木が生えていて
光り輝く実がふたつ
心ひかれて登って行った。

美女　殿方たちはりんごがお好き
エデンの園でもそうだった。
嬉しさ楽しさにわが身は浮きうき
わたしの庭にもちゃんとあるもの。

メフィスト（老いた魔女とともに）
いつぞや儂《わし》は見た手荒い夢を
叉《また》の分かれた木が生えていて
おそろしげな穴がぽっかり一つ
大きいけれど気に入った。

老婆　馬の足の騎士さんならば
わたしゃいつでも大歓迎！
大きな穴でも怯《ひる》まぬのなら
用意の栓を持っといで！

幽霊臀部《でんぶ》発生論者（啓蒙主義者Fr.ニコライ）

いまいましい連中だ！　いったい何のつもりなのだ？
幽霊に足のないことぐらい
もうとっくに証明してやったではないか。
それなのに　まだ人間なみに踊るつもりか？

美女　（踊りながら）　何さこの人　こんなところにまぎれ込んできて？

ファウスト　（踊りながら）　何処にでも鼻突っ込みたがる奴なんだ。
他人が踊ると巻尺持って　そのステップを追いかけまわす。
自分がけちをつけ損うと
そのステップは存在しなかったと言い張りたがる。
なかでもこいつの気に入らぬのは　こちらが着実に前進した時だ。
昔ながらの粉挽場《こなひきば》で　こいつがいつもやっている通り
こっちも一つ所をぐるぐる廻ってりゃ
まずはお眼鏡にかないもするし
ましてやご機嫌伺いに参上でもすれば　それは大したご満悦ぶりなのだがな。

幽霊臀部発生論者　まだいるのか　幽霊ども！　前代未聞の不祥事だ。
さっさと消えろ！　われらの手により啓蒙の光も明るきご時勢だぞ！
悪魔どもはまったく規則を知らん。

われわれはかくも進歩しとるのに　まだテーゲルの辺りに幽霊が出る始末だ。
もう長年せっせせっせと迷信掃除をやっとるのに
まだすっきりきれいにならぬとは　まったく前代未聞の不祥事だ！

美女　もうやめて頂戴　うんざりだわ。

幽霊臀部発生論者　私はお前ら幽霊どもに面とむかって宣言するが
幽霊の独裁制など　この私が許しはせんぞ！
私の合理精神の行き所がなくなるからな。（構わず踊りは続く）
今日はどうも何事もうまく行かん日だ。
だが旅の記録だけは手放さず
長い旅路が終る前には必ず一度
悪魔と詩人を押え切るぞ。

メフィスト　やつはきっとすぐ　水溜りに尻を突っ込みますよ
それが奴の健康法です
というのは　水蛭《みずひる》が尻からたっぷり血を吸い出せば
幽霊からも　いやさ精神からかな　ともあれ癒《いや》されるってのがあいつの説でさ。

ファウストが踊りをやめたのを見て。

何であんなきれいな子を手放すんです
踊りながら可愛い声で歌ってたじゃありませんか？
ファウスト　それがその歌の真っ最中に
あいつの口から赤いねずみが飛び出したんだ。
メフィスト　まったく大した大事件だ！　そんなことに目くじらなんぞ立てんものです。
いいじゃありませんか　ただの灰色ねずみって訳じゃなかったんだから。
女の子との楽しい逢《お》う瀬《せ》にうるさいことは言いっこなし！
ファウスト　それから俺は見たんだが――
メフィスト　何をです？
ファウスト　ほらあそこだ　見えないか？
青ざめた美しい娘が　ひとり離れて立っているだろう
何故か歩くのもひどくのろのろしている
ひょっとして鎖で足がつながれているのではあるまいか。
本当のことを白状すると　どうも俺には
あれがグレートヒェンに似ている気がする。
メフィスト　放っておきなさい！　あんなもの　かかずらわって得はない。

あれは魔法が作る影ですよ　生きてはいない幻ですよ。
ああいう幻を見るのは人間の健康によくないです
じっと見詰められると血が凍る
悪くすりゃ丸ごと石になりかねません
メドゥーサの話はご存知でしょう　例のペルセウスに退治された――。
ファウスト　そうだ　あれは死ぬとき親しい人の手で
つむらせてはもらえなかった死者の眼だ。
あれは　俺に優しくまかせてくれたグレートヒェンの胸だ
そしてあの身体は　俺がその喜びを味わい尽したあの甘い身体だ。
メフィスト　それが魔法なのですよ　すぐに騙《だま》される人ですねえ！
誰が見たって自分の恋人に見えるようにできているんです。
ファウスト　何という歓びだ！　何という苦しさだ！
俺はあれから眼をそらすことができない。
何とも変だなあ　あの美しい首を
奇妙に赤い紐が飾っているぞ
丁度刀のみねほどの幅だ！
メフィスト　その通り！　私の眼にもよく見えます。

あの子は自分の首を脇の下にかかえることもできる仕組です。
ペルセウスが切って落したものですからね――。
相も変らず妄想にふけるのがお好きですねえ！
さあ　あの丘を登りましょう
まるでウィーンはプラーターの大遊園地みたいな賑わいです
もし私が化かされているんじゃないのなら
ほれ　芝居までが始まるようですよ。
おい出し物は何だい？

お節介《せっかい》　さあ　さあ　すぐまた幕が明きますよ。
舞台にかかるは新作もので　ご当地の習慣により
七つ並べましたる出し物の　これが最後となりまする。
書きましたるは素人衆
演じまするも素人衆。
ではご免こうむって　私は裏に消えまする。
幕を上げるがこれまた素人わたくしの　こよなき楽しみでありまする。

メフィスト　ブロッケンの山中でお目にかかるとは
あんたらもまさにところを得たと言うものよ。

ヴァルプルギスの夜の夢
あるいは
オーベロンとティターニアの金婚式

幕間《まくあい》狂言

道具方親方　今日のところはわれわれも休もうではないか
巨匠ミーディングの腕利きの弟子たちよ。
昔ながらの山と靄《もや》立ちこめるこの谷間だけで
舞台装置は充分だ！

先触れ役　お目出度《めでた》く金婚式をあげるには
まず五十年が過ぎねばなりません。
とは言え夫婦《めおと》喧嘩がおさまるならば
それこそ更に嬉しき黄金の祝いと申せましょう。

妖精王オーベロン　このあたりにいる限りのお前ら妖精たちよ

今こそ姿を現わすがよい
王と女王がまた改めて
結ばれ直す祝いの日だ。

妖精パック　このパックがまかり出て
ぐるりとまわって先頭に立てば
あとに続くは数知れず
みんな競って祝いまする。

大気の精　この大気の精が流れれば
汚《けが》れを知らぬ歌声が　空にあるかのように響きます。
その歌声に誘われて　異形《いぎよう》のものも参ります
とは言え美しきものたちも　ともども参上いたします。

オーベロン　仲むつまじく暮したい夫婦は
われら二人より学ぶがよい！
ふたりの愛を深くするには
ふたりを遠く引き離しさえすればよい！

妖精王妃ティターニア
しかめっ面の夫　ふくれっ面の妻がいるならば

すぐにふたりを召し捕えよ
そして妻は南へ追放し
夫は北の果てまで追いやるがよい！

全楽隊（フォルティシモ）
蠅《はえ》のくちばし　藪蚊の鼻先
更に加えて一族郎党
茂みの蛙に草っ原のこおろぎ
みんな揃って楽隊だ！

独唱　やって来ました風笛野郎！
も一度見直しゃシャボン玉。
ご用がなければ聞いてやれ
団子鼻鳴らしての手前味噌。

新できの妖精　くもの細脚に蟇《がま》の太腹
そこに小さな羽がある！
子供を生むのは無理なれど
へぼ詩を生むには充分だ。

蚤《のみ》の夫婦　小股に駈けて大きく跳び上がる

蜜と香りの花園で。
ちょこまか駈けるは充分なれど
空へ上がるはむつかしい。

好奇心あふれる旅人
これは諷刺目当ての行列だろうに？
私の目の迷いだろうか
妖精王のオーベロンまでが
美しい姿を見せているぞ！

正統的キリスト教信者　またの名シュトルベルク伯
爪もなければ尾っぽもない
とは言え疑う余地もない
ギリシャの神々と全く同様
オーベロンもまた悪魔の族《うから》じゃ。

北方の芸術家　俺の仕上げたものは今日までのところ
まだまだほんの習作だ。
とは言え用意今から怠りなく
やがてはイタリヤへ修業の身だぞ。

純潔主義者　こんなところに迷い込むとは何たる不運か
この国の道徳良識は乱れ切っとる！
見渡す限りの魔女たちのうちで
化粧しとるのは二人だけじゃ。

若い魔女　化粧も着物も同じこと
なしで困るのは年寄りだけよ。
だから裸で山羊に乗り
素朴な身体を見せてるの。

威厳見せる老女　たしなみを知る私故
そなたらと争う気などありませぬ。
まずは精々気をつけて若く美しい今のまま
朽《く》ち果てるようにするがよい。

楽隊指揮者　蠅のくちばし　藪蚊の鼻先
裸の女に気をとられるな！
茂みの蛙に草っ原のこおろぎ
拍子外さず注意集中！

風見鶏　（一方を向いて）

これは願ってもないおつき合い。
ほんとにお美しい方ばかり。
それに対する若殿方も
未来と希望に溢《あふ》れておいでだ。
（逆の方へ向き直って）
大地がぱっくり口開き
こいつら全部を呑み込んじまえ！
でなけりゃ何をか　ためらわん
こっちが地獄の釜へ身を投げるぞ！

諷刺短詩ら　昆虫であるわれわれは
小さく鋭い鋏《はさみ》をかざし
われらが父上　悪魔大王に
敬意を表すべく只今参上！

敬虔《けいけん》なるヘニングス氏
奴ら短詩がごそごそごそごそ群をなし
さも無邪気げにふざけておるぞ。
奴らそのうち言い出しかねぬぞ

私どもは善意あふれる虫でしてなどとな。

ヘニングス氏著わすところの詩集『芸術の守護神』

この魔女たちの群にまじって
我を忘れられればさぞ嬉しかろう
魔女相手のほうが性に合う
芸術の女神相手は柄にもない。

ヘニングス氏刊行せしところの旧『時代の精神』誌

メダカも群れればさまになる
こわがり意気地なし寄っといで!
ブロッケンのお山とドイツの文壇は
幅広主義でみな仲間。

好奇心あふれる旅人

あの威張って歩いてる　しつこい男は誰なのかね?
ありとあらゆるものを嗅ぎまわっとる。
「エズイット信者探索中の男あり」と旅日記に書いておこう
「中世復活いささかなりとも許すまじとの気配《けはい》なり」。

鶴　またの名ラーヴァター氏

魚取るには澄んだ川がよいが
神秘に濁れる川もよい。
だから敬虔なる方がたも
悪魔の群に立ちまじる。

世俗人　そうとも　敬虔なるお方には
すべては信仰の尊き方便
このブロッケンのお山でも
たちまち秘密結社をつくります。

踊り手　あそこに来るのは新手《あらて》の合唱隊か？
太鼓の音が響いてくるぞ。
ほっとけ　ほっとけ　うるさい音だが
葦《あし》に隠れる哲学鷺《さぎ》らで　歌の中身はみな同じ。

踊りの師匠　誰もが足上げ　力の限り
ひとには負けぬと踊りまくる。
愚図《ぐず》も飛びはね　でぶ弾《はず》み
どう見えるかなど　気にはせぬ。

ヴァイオリン弾き

鷺《さぎ》に流派は数々ありて　止《とど》め刺すべく憎しみ合えど
仲を取りもつは風笛野郎
オルフェウスの琴気取り
野獣なだめた訳でもないのに。

独断論者　批判主義も懐疑主義もこわくはないぞ
わしは断じて引きはせぬ。
悪魔は実在するに間違いなし
でなけりゃ何故に悪魔が居《お》るのじゃ。

観念論者　わが心中の想像物も
今夜ばかりは度が過ぎる。
ものはみな　うちなる自我の現われだが
あたりの騒ぎから推察すれば　わしの自我も狂ったらしい。

実在論者　この連中の本質はまったくわしの手に負えん
いやはや本当に腹が立つ。
何よりも足元固めるこのわしも
今夜ばかりは足がもつれる。

超越論者　ここにいるのはまったく嬉しい

悪魔を見れば心も弾む。
それと言うのも魔界があれば
よき霊の住む超越界もありぬべし。

懐疑論者　ちらつく炎のあとを追い
宝は近しとみな信じるが
悪魔に似合うは懐疑の心
こここそわしの居所だ。

楽隊指揮者　茂みの蛙に草っ原のこおろぎ
くそいまいましい素人衆だ！
蝿のくちばし　藪蚊の鼻先
せめてお前らは楽隊屋！

老巧なる日和見《ひよりみ》主義者たち
無憂病　それが陽気な我々の
革命起きても治らぬ病い
足で歩くはもう危険
となれば今日から頭で歩く。

当惑せるフランスよりの亡命貴族たち

今まではおべっか使って稼いでいたが
それも昨日でおしまいだ。
踊りが過ぎて靴はきつぶし
今じゃ裸足《はだし》で逃げまわる。

成り上りの鬼火たち

悪臭ただよう沼地にて
昨日生れて今日やってきた。
とは言え既に踊りの列で
ひけをとらない好紳士。

理想主義的星屑たち

星や炎にきらめいて
空を斜めに駈け抜けたが
今じゃ草地に落ちた身だ――
誰か引き上げてはくれまいか？

最後に登場する巨大漢たち

邪魔だ　邪魔だ！　下ってろ！
民草《たみくさ》なんかは踏みつぶす

妖霊さまのお通りだ
太い手足の妖霊さまだぞ。

パック 象のばか息子じゃあるまいし
そんなにどしんどしんとお歩きなさるな
今夜のところのどたどた歩きは
元気なこのパックめにおまかせ下さりませい！

大気の精 愛の気に充てる自然と聖なる霊により
翼を享《う》けし妖精たちよ
わが流れし跡の輝く道に従い
薔薇咲きオーベロンの城そびえる丘へと漂い来たれ！

全楽隊（ピアニッシモ）流れる雲と霧の薄衣《うすぎぬ》が
空の高みから次第に輝き始める
森に風が立ち　葦がそよぎ
すべてのものが薄れ消え行く。

曇り日・野原

ファウスト。メフィストーフェレス。

ファウスト　悲惨に！　何の希望もなく！　みじめにこの地上を果てなくさすらい歩き、そして今は捕えられ！　子殺しの女として恐ろしい地下牢に閉じ込められている！　あのあどけない、神に見捨てられた娘が！　そんなにまで！　そんなにまでの不幸に落ちたのか！　——裏切りものの卑劣な悪魔め、お前は俺にそれを隠していたのだ！　——いいとも、そうやって、そこに立ってるがいい！　立って、お前の陰険な眼を精々ぎょろつかせ、お前の陰険な考えを頭の中で精々あれこれ転がして楽しむがいい！　そこに立って、お前の吐気のするような姿を俺に見せつけるがいい！　捕えられて！　二度と抜け出すことのできぬ悲惨さのなかで！　呵責《かしゃく》の霊たちに良心を責め立てられ、裁きのみあって心を持たぬ人々の手に引き渡されて！　そしてお前はその間、俺をいまわしい遊びのなかで引きまわし、刻一刻と深まるあの娘の苦悩を隠し、あの娘が破滅するままに放っておいたのだ。

メフィスト　あの娘が初めてって訳じゃないですよ。

ファウスト　犬め！　化物め！　――おお、お前、無限なる大地の霊よ、この化物を、この虫けらを、もう一度あの犬の姿に戻してくれ！　こいつは昔、夜になると喜んで俺の前をうろつき歩き、無心に道を急ぐものの足にからみつき、ひとがよろめき倒れれば、親しげにその肩に足をかけてきたのだ。頼む、もう一度こいつをあの頃の姿に、こいつ自身お気に入りだったあの姿に戻してくれ。俺はこいつが恐れおののき、俺の前で砂に腹こすりつけ、這いつくばうのが見たいのだ、俺はこいつを踏みにじりたいのだ、この卑劣な奴を！　――彼女が初めてじゃないだと！　――悲惨な！　悲惨な！　人間の心には決して理解できないことだ、この悲惨の深みに最初の一人が陥ちただけで充分でないなどとは！　永遠にすべてを宥《ゆる》し給《たも》う御方の眼の前では、最初の一人の苦悩、はらわたを引きちぎるような死の苦しみのなかでそのたった一人が味わった苦悩が、その後に来たすべてのものたちの罪を償《つぐな》って充分であるに違いない！　その最初の一人の悲惨を思うだけで、俺はもう全身がえぐられるようだ。それをお前は、何千もの女たちの悲惨な運命を、平然と、嘲《あざ》けり眺めているのだな！

メフィスト　またしても私ども悪魔には何ともお助けできぬ問題を出されますな。貴方がた人間に正気を失われては困るのですよ。もし中途半端で放り出すのなら、何故そもそも私ども悪魔なんかと手を結ばれたのです？　空は飛びたし眩暈《めまい》にゃ弱しって訳ですか？　だいたいが、頼み込んだのは、こっちでしたっけ、それともあなたでしたっけ？

ファウスト　お前の意地汚い歯をそんなにむき出さないでくれ！　吐気がする！　――おお、偉大なる、壮麗なる地の霊よ、わが心とわが魂を知り、わがためにあえてその姿を現わせし汝、地霊よ、何故にお前は俺をこの恥ずべき道連れに結びつけたのだ、他人の痛みを食らい楽しみ、他人の破滅に舌なめずりする、この卑劣な存在に？

メフィスト　それでお話は済みましたか？

ファウスト　彼女を救え！　でなければ、目にもの見せてくれる！　呪って、呪って、幾千年でも呪い尽してやる！

メフィスト　私には、あの方が定められた復讐の鎖を解くことなんかできませんよ。あの方が閉じられた閂《かんぬき》を開くことなんかできないですよ。――彼女を救え！　――あの娘を破滅させたのは誰方《どなた》でしたっけ？　私かな、あなたかな？

ファウスト　（もの狂おしくあたりを見廻す）

メフィスト　雷でも掴《つか》んで、振りまわそうっていうんですか？　ああよかった、雷があなた方、あわれにも死すべき運命の人間たちの手には入らぬようになっていて！　だって、いくら追いつめられたからと言って、無邪気にお答えしているだけの相手を雷で打ち砕いて鬱憤《うっぷん》を晴らそうなんて、あまりに暴君染みたやり口ってものですよ。

ファウスト 俺をあそこへ連れて行け！ 彼女を救うのだ！

メフィスト で、あなたの身の安全はどうなさるんです？ いいですか、あの町の道にはあなたが殺した相手の血がまだこびりついているんですよ。殺された奴の倒れた無念の土地には、復讐の霊たちがさまよっていて、現場に舞い戻ってくる殺人者を待ちかまえているものなんですよ。

ファウスト 今更お前からそんなことを聞かされるのか？ このいまいましい化物め！ 畜生め！ 俺の言うことをきけばいいんだ！ 俺をあそこへ連れて行け！ 彼女を牢から連れ出せ！

メフィスト では、お連れして、私にできることは致しましょう。よろしいですか、私は別に全智全能って訳じゃないんですよ。牢番を暫《しばら》く眠らせることは私が引き受けます。鍵はあなたが奪い取り、そしてご自分の人間の手で、あの子を牢から連れ出しなさい！ 私は見張りをしています。そして魔法の馬を待たせて置き、それでおふたりを連れて逃げましょう。それでしたら私にできます。

ファウスト よし、行こう！

夜・広野

ファウスト、メフィストーフェレス、黒い馬を疾駆《しっく》させながら。

ファウスト　何をしているんだ　ほらあの連中は　首斬台のまわりで？

メフィスト　さて　何を煮てるのやら　こしらえてるのやら。

ファウスト　ほら　宙に浮いたり沈んだり　斜めにかしいだり屈《かが》んだりしている。

メフィスト　魔女の集りかな。

ファウスト　砂を撒《ま》いて浄《きよ》めているぞ。

メフィスト　もう　いいから！　いいから！

地下牢

ファウスト（手に一束の鍵とランプを持ち、小さな鉄の扉の前に立つ）
久しく忘れていた戦《おのの》きが俺の心を震わせ
人間の受ける苦しみのすべてが俺の心をしめつける。
ここにあの娘が暮しているのだな　この湿った壁の向うに
ただやさしい心の迷いから犯してしまった罪なのに！
俺の足はためらっているのか　彼女に近づこうとして！
俺は彼女に会うことを怖れているのか！
行くのだ！　お前のためらいは死を引き寄せる。

彼は錠前に手をかける。内からの歌声。

ふしだら女の母さんが
ぼくの首をちょん切って
ならずものの父さんが
ぼくの肉を食べちゃった！
ちっちゃなぼくの妹が
骨を拾って集めてくれて

冷たい土に寝かせてくれて
ぼくは森の素敵な小鳥になって
遠くへ遠くへ飛んでくの。

ファウスト（錠前を開けながら）
歌っている　愛する男がすぐそばで聞いていることも知らず
男の耳に鎖の鳴る音が聞え　藁床《わらどこ》のきしむ音が聞えていることも知らずに。

なかへ入る。

マルガレーテ（粗末な臥床《ふしど》の上で身を隠そうとしながら）
ああ！　ああ！　ひとが来る！　わたし死ぬんだわ！
ファウスト（低い声で）静かに！　私だ！　お前を救い出しにきたのだ！
マルガレーテ（彼の前に転がるように身を投げ）
あなたも人間なら　私の苦しみを判って！
ファウスト　静かに！　牢番たちが眼を覚ましてしまう！

鎖を摑《つか》み、外そうとする。

マルガレーテ（跪《ひざまず》いて）
誰が首斬人のあなたに
そんな勝手なことを許したの！
まだやっと真夜中なのに。
可哀そうだと思って頂戴！　まだ殺さないで頂戴！
あしたの朝だって遅過ぎはしないじゃないの？

立ち上る。

私はまだこんなに若いのよ　まだこんなに！
だのに　もう死ななければならないの！――
私はきれいな娘でしたけど　それが身を滅ぼすもとになりました。
あの人はいつも近くにいてくれたのに　それが今じゃ離れっきり
花嫁の花冠《はなかんむり》は引きちぎられ　花びらはばらばらに散っちゃった。
やめて！　そんなに乱暴に私を摑まないで！

いじめないで　お願い！　私があなたにどんな悪いことをしたって言うの？
こんなに頼んでいるのに！
あなたにお会いするのは　これが初めてじゃありませんか！

ファウスト　ああ　もう堪えられない！

マルガレーテ　私もう　あなたの思うままなのだから
せめてこの赤ちゃんにお乳をやらして下さいね。
一晩中可愛いこの子を抱いてたのよ
みんなして私からこの子を取り上げて　私をいじめて置きながら
今になって　私が殺したなんて言いふらすの。
もう私の心が晴ればれすることなんてありゃしない。
みんな私のことを流行歌《はやりうた》にして歌うのよ！　本当に意地悪な人たちねえ！
古いお伽話が赤ちゃん殺しで終るからって
そのお話が私のことだなんて　誰がみんなを焚きつけたんでしょう？

ファウスト　（身を投げるように膝をつく）
愛に燃える男がお前の足元にいるのだ
苦しい捕われからお前を救うために。

マルガレーテ　（自分も膝をつき）

おお　跪《ひざまず》いて　一緒に聖者さまたちにお祈りして下さいまし！
この階段の下
この敷居のすぐ下で
地獄が煮えたぎっています！
悪霊《あくりょう》が
恐ろしい怒りに狂って
物凄い音を轟《とどろ》かせているのです！

ファウスト　（大声で）グレートヒェン！　グレートヒェン！

マルガレーテ　（我に返り）あの人の声だわ！

激しく立ち上がる。鎖、切れ落ちる。

どこ？　呼ぶのが聞えたわ。
鎖が切れた！　私は自由なんだわ。
あの人の首に飛びつきたい！
あの人の胸にすがりつきたい！
あの人の声だった。グレートヒェンって！　あそこの敷居からだった。

地獄が吠え騒ぐ真っ只中から
意地悪い　恐ろしい嘲《あざ》けりの声のなかから
あのやさしい　いとしい声が聞えてきた。

ファウスト　私だ！

マルガレーテ　あなたなのね！　ああ　もう一度聞かせて！

彼を抱きしめる。

あの人なのね！　あの人なのね！　苦しさなんかみんな何処へ行ったのかしら？
牢屋の辛さ　鎖の重さなんか　何処へ消えたのかしら？
あなたなのね！　救いに来て下さったのね！
私は救われたのね！――
あの町の通りが　もうまた心に見えるわ
あなたと初めてお会いしたあの道が。
そしてあの明るい庭が
私とマルテおばさんがあなたを待っていたあの庭が。

ファウスト（先を急ぐ気持で）

さあ行こう！　早く行こう！

マルガレーテ　ねえ　急がないで！
あなたのいるところなら　どこだって私はいいの。

　優しく寄り添う。

ファウスト　急いで！
急がないと
取り返しのつかないことになる。

マルガレーテ　どうしたの？　もう口づけもできないの？
ほんの少し離れていただけなのに
もう口づけの仕方も忘れたの？——
どうしてこんなに不安なのかしら　こうしてあなたの首にすがりついているのに？
以前はあなたが何かひとこと言うと　ひとめ私を見ると
もう天国が私の上に降りて来たみたいだったのに
そしてあなたはいつも　息の詰まるほど口づけして下さったのに。
ねえ　口づけして！

あなたがいやなら　私がする！

　彼を抱きしめる。

まあ！　とても冷たい唇！
死んだみたいな唇！
私を愛して下さったあなたは
どこへ行ったの？
誰があなたを私から取ったの？

　身をそむける。

ファウスト　さあ！　私と一緒に来るんだ！　正気に帰って！
抱くとも　お前を　どんなにでも熱い思いで！
だが今は来るんだ！　お願いだ！

マルガレーテ　（彼の方へ身体を向け）
あなたなの？　本当にあなたなの？

ファウスト　そうだとも！　さあ来るんだ！
マルガレーテ　　　　　　　　　あなたは私を助け出して
またその膝の上に抱いて下さるおつもりなのね。
あなたは何故　私を見て恐ろしいとお思いにならないの？　――
いったい判っておいでなの　あなたが誰を助け出すのか？
ファウスト　来るんだ！　来るんだ！　もう深い夜も退《しりぞ》き始めている。
マルガレーテ　母さんを　私　殺したのよ
その上　子供を水に溺れさせたのよ
私とあなたへのさずかり物だったのに。
私だけじゃない　あなたへの！　――あなたなのね　本当に！
あなたの手を頂戴！　夢じゃないわね！
懐しいあなたの手！　――あら　濡れているわ！
拭くわね！　これ　何だか
血みたい。
ああ神さま！　何てことを　あなた　なさったの！
剣をしまって！
お願い！

ファウスト　過ぎたことは過ぎたことだ！
それを言われると　私は死ぬ外ない。
マルガレーテ　だめ！　あなたは生き残るの！
そして　私がこれから言うように
この夜が明けたらその日のうちに
お墓の世話をして下さいね。
母さんにはいちばんいい場所を
兄《にい》ちゃんはそのすぐ隣りに
私はちょっと脇に離して
でもあまり遠くにならないように！
そしてあの子は　私の右のお乳の横に寄り添わせてね。
他には誰も私のそばに埋めないで！
あなたに身体を寄せて眠るのは
本当に楽しかった　本当に仕合せだった！
でももうあんなことは　二度とできそうにもないの
何故か自分に無理強いしなければ　あなたのそばに行けないみたいな
そばに行っても何故か　あなたが私を突きのけるみたいな気がするの。

でもやっぱり　これはあなたなのねえ　こんなに優しい　こんなに心のこもった眼をして！

ファウスト　私だと判ったら　さあ来るんだ！

マルガレーテ　外へ？

ファウスト　自由な空の下へ。

マルガレーテ　外にあるのはお墓かしら
死が私を待っているのかしら　もしそうならば　私　行きます！
ここからすぐ真直ぐに　永遠の休息の床《とこ》へ
そしてそこから先は　もう一歩も動こうとは思いません――。
あなた　もう行っちゃうの？　おおハインリヒ　私も一緒に行けたらねえ！

ファウスト　行けるとも！　行く気になってくれ　お願いだ！　扉は開いている！

マルガレーテ　行けないわ　もう何の望みもないのだもの。
逃げたって何になるの？　みんなが私を待ち伏せしてるわ。
惨めだわ　物乞いしながら暮すなんて
しかも良心の呵責《かしやく》に責められながら！
惨めだわ　見知らぬ人たちの間を流れ歩くなんて
しかもいつかはまた捕ってしまうのに！

ファウスト　私がお前のそばにいる！
マルガレーテ　早く！　急いで！　こんなところにいないで！
助けるのよ　あなたの可哀そうな赤ちゃんを！
さあ　あっちよ　ほら　あの道を
小川に沿って　どんどん　どんどん　上《かみ》へのぼって
小さな橋を渡って
森へ入ると
左手に木の柵が結《ゆ》ってあって
そこの池の中なのよ。
引き上げてやって　今すぐに！
這い上ろうとしてるのよ！
まだもがいているのよ！
助けてやって！　助けてやって！
ファウスト　気を取り直すんだ！
ただ一歩踏み出せば自由になるんだ！
マルガレーテ　この山を越せさえすればねえ！
あそこの岩に母さんが腰かけておいでだわ

ぞっとして　わたし足がすくむ
あそこの岩に母さんが腰かけておいでだわ
首をぐらりぐらり揺らしておいでだわ。
目くばせもなさらない　うなずきもなさらない　お頭《つむ》が重そうねえ。
母さんはもうずっとずっと眠っていて　もうお眼が覚めることはないのね。
母さんは眠ったのね　私たちが楽しい時を過ごせるように。
あの頃はなんて仕合せだったんでしょうねえ！

ファウスト　どう言っても　どう頼んでも駄目なのなら
無理にでも助け出すまでだ。

マルガレーテ　放して！　厭《いや》！　無理強いだけは厭なの！
摑まないで　人殺しみたいに乱暴に！
今まで私　あなたのためには何だって　自分から喜んでしてきたのに。

ファウスト　もう　朝が白み始める！　さあ　グレートヒェン！　グレートヒェン！

マルガレーテ　朝！　朝なのね！　最後の日が始まるのね
私の婚礼の日になるはずだった日が！
誰にも言わないでね　グレートヒェンと夜を過ごしたことがあるなんて。
ああ　花嫁の花冠が引きちぎられる！

もう取りかえしがつかない！
またお会いするわね
でも踊りの時ではもうなくてよ。
みんな押し寄せてくるわ　音ひとつ立てずに。
広場も道も
ひとでいっぱいになって。
鐘が鳴り始める　合図の赤く細い杖が折られる。
みんなが私を摑まえ　引きずり出す！
もう首斬台へ引きすえられる。
たちまち　見ている人たちの首筋がそうけ立つ
私の首の上に光る刃《やいば》の冷たさに。
そして世界が墓のように静まりかえる！
ファウスト　おお　生れないほうがよかった！
メフィストーフェレス　（牢屋の外に現われる）
急げ！　でないと終りだ！
役にも立たぬおしゃべり　臆病風はもう沢山です！
用意の馬が朝を恐れて　身ぶるいしている

東の空が明け始めた。

マルガレーテ　地の底から出てきたのは誰？
あの男なのね！　あの男なのね！　すぐ追いはらって！
何を狙っているの　あの男はこの神聖な場所で？
私なのね！　私を狙っているのね！

ファウスト　生き続けるためだ！

マルガレーテ　神さま！　私はこの身をあなたのお裁きにおまかせします！

メフィスト　（ファウストに）
さあ　さあ　もうおいでなさい！　娘と一緒に捨てて行きますよ。

マルガレーテ　父なる神さま　私はあなたの御手《みて》にあります！　お救い下さいまし！
天使さまたち！　群れなすあなた方の翼をもって
私を覆い　守って下さいまし！
ハインリヒ！　あなたがおそろしい！

メフィスト　女は裁かれた！

声　（上より）　救われた！

メフィスト　（ファウストに）　さあ　来るんです！

ファウストとともに姿を消す。

声（牢屋のなかから、次第に遠く消えて行きながら）
ハインリヒ！　ハインリヒ！

悲劇第Ⅰ部　終

解説

作品『ファウスト』の生成とその時空

柴田　翔

ファウスト伝説とその時代

ヨーロッパは十五世紀末から十六世紀へかけて大きく変貌する。イベリア半島におけるレコンキスタ（キリスト教世界のイスラム教勢力に対する戦い）の勝利の勢いに押し出されるように、コロンブス、ガマ、マゼランらの大航海者たちが、新しい領土の獲得と支配を目指して、地中海世界から広い大洋へと船隊を乗り出して行く。島影ひとつ見えぬ海原で彼らが船の進む方向を知るべく眺めたのは夜空に輝く星々であり、彼らを助けたのは天空における星の運動についての知識だった。また彼らの同時代者コペルニクスは同じ星々の動きを子細に考察して、動いているのは太陽ではなく地球であることを確信した。

その際、多くの航海者たちの経験的知識の集積が天文を学ぶ大学者の探究の基礎にあったし、また逆に大学者による惑星の動きの正確な体系化は、航海を支えるべき精密な天体位置暦と天文航法の基本として、時代の要請するものでもあった。

イベリア半島におけるキリスト教世界の勝利はこうして、中世カトリック教会の公理であった天動説の没落をやがて呼び寄せるものとなった。

だが同じ星空を、同じ時代の中で、さしあたりまったく別の関心と利害で観察していたものたちもいた。占星術師たちである。彼らもまたこの時代から必然的に呼び起こされた。

この時代は、大航海者たちやコペルニクスの時代であると同時に、それ以外にもさまざまな事件と変化に満ちた時代であった。南方では古典古代を追慕する人文主義に支えられてルネッサンス芸術が花開き、北方では神の義を説いて地上の教会の堕落を告発する宗教改革が人心を捉え、更にグーテンベルクの印刷術が新しい思想を人々へ届ける。コペルニクスの主著『天球の回転について』が印刷されたのも、グーテンベルク印刷所だった。

しかし古い秩序の崩壊と新しい世界像の出現は、人々を不安に動揺させもする。農民の反乱は血なまぐさい虐殺を呼び、古い信仰と新しい信仰の争いが人々を引き裂き、宗教戦争が国土を荒廃させる。コペルニクスは異端の非難を恐れ、その主著の公刊を死の直前までためらい、単なる天体位置計算の実用書として出版した。ウェストファリア条約によってドイツに新しい近世秩序が確立するには十七世紀の半ばまで待たねばならず、啓蒙主義の地上的思考が幾分なりとも人々の心に根づくのには、更にそのあと百年以上の時間が必要である。

もはや中世ではなく、いまだ近世でもない、この不安の十六世紀が、占星術を初めさまざまな魔術に通暁すると称する人々を呼び出した。アグリッパ、ノストラダムスその他の名前が、半ば伝説に包まれて残っている。また医学の改革者として知られたパラケルススも、同時に天文学、錬金術に通じたと言われる。いわゆる「黒い魔術」と「白い魔術」の境界は、必ずしも分明ではなかった。そしてそうした人々に立ちまじって、ドクトル・ファウスツスを名乗る悪評高い詐欺師が実在したことが、当時の学者たちの手紙や公式記録に記されている。ファウスト伝説の主人公となり、やがてはゲーテの『ファウスト』の主人公ともなる人物である。

十五世紀の末に生まれ、占星術師、錬金術師にして大古典学者、かつまた魔術、霊媒術を駆使すると自称して、騒乱に明け暮れた十六世紀後半のドイツ各地の宮廷、上流社会を巡り歩いたドクトル・ファウスツスは、不安な時代に生きる人々の心に付け込んで名声を得、また同時に悪名もほしいままにしていた。彼は生きているうちからさまざまな噂、風聞に包まれていたが、世紀半ばに死んだあと、その世紀の末にはもう伝説中の人物となって死後の生を生き始める。自分の邪な欲望を満足させるために悪魔に魂を売り渡した、いかがわしくも魅惑的な男として、不安と変化の時代を生きる民衆たちの心に棲みついたのである。

彼はまず粗末な民衆本の中に、あらゆることを知り、あらゆる欲望を満足させるために悪魔メフィストーフェレスと契約を結んだファウスト博士として現れる。悪を重ねながら世界と宇宙の隅々まで巡り歩き、最後に契約に従って地獄に落ちるのが、彼の運命である。この物語は同じ世紀末、エリザベス朝のイギリスへ渡り、時代を代表する劇作家マーローの『ファウスト博士』となった上で、更にイギリス旅芝居によってドイツへ逆輸入され、民衆芝居や人形芝居に姿を変じて各地の歳の市を賑わした。

そして百数十年後、古い帝国都市フランクフルトの路地や広場をほっつき歩いて、人形芝居を覗いたり、民衆本を手に取ったりしていた好奇心溢れる少年ゲーテは、このファウスト博士の物語に生涯消えることのない強烈な印象を受ける。その印象は青年ゲーテにファウストを主人公にした、若い生命の力に輝く断片の数々を書かせ、更に彼の全生涯を伴走して、やがて八十二歳の死の直前に『ファウスト第I部・第II部』として結実することになった。

（実在のファウスト人物像やファウスト伝説について更に詳しいことを知りたい読者のためには、松浦純『ファウスト博士―付・人形芝居ファウスト―』（ドイツ民衆本の世界III・国書刊行会一九八八年）の、たいへん優れた翻訳および解説がある。）

ならない。

ゲーテの生きた時代

ゲーテは一七四九年にドイツのフランクフルトに生まれ、一八三二年に同じドイツのヴァイマルで死んだ。そのことが作家ゲーテにとって、また作品『ファウスト』にとって持っていた特別の意味を知るためには、近世から近代へのドイツの歴史を振り返らなければならない。

宗教改革で始まった混乱と動揺の時代は、ドイツ全土を荒廃させた三十年戦争を最後に漸く終わり、一六四八年のウェストファリア条約で近世ドイツの政治的秩序としての領邦国家体制が出発する。それは日本の江戸時代の幕藩体制とも似通ったものだが、ただしドイツには、江戸時代の徳川幕府に当たる強力な中央権力が存在しなかった。ドイツ全体の枠組みとしては中世以来の神聖ローマ帝国（古い歴史的事情があって、そういう名称だった）が名目だけ残っていたが、三百ばかりの領邦国家はその最小のものに至るまで、それぞれほぼ完全な国家主権と小さな宮廷と玩具めいた軍隊を持っていた。

そうした近世秩序は十八世紀の初めの頃から、再び動揺し始める。領邦国家のうちの最大のものは古い伝統を誇るハプスブルク家の下のオーストリアであり、七人の選帝侯によって選ばれる神聖ローマ帝国の皇帝も大抵はハプスブルク家の出身だったが、それと対抗してホーエンツォレルン家の新興国家プロイセンが、フリードリッヒ二世（フリードリッヒ大王）などの下で国家運営の合理化を進め、覇権を争い始める。

ゲーテが生まれたのは、ただでさえ脆弱な神聖ローマ帝国が、そうした新旧の覇権の争いによって更に弱体化しつつあった時期だった。

やがて一七八九年、ゲーテが四十歳の年、隣国のフランスで革命が起き、ヨーロッパはそれ以後、四半世紀に及ぶ激動の時期を迎える。ナポレオンの支配下に入ったドイツでは、一八〇六年に神聖ローマ帝国が最終的に崩壊し、フランスの影響で法律や制度や社会生活の近代化が進む。ナポレオン敗北後の一八一四年、ゲーテ六十五歳の年に、イギリス、ロシア、オーストリアなどヨーロッパ列強が集まって開かれたウィーン会議では旧秩序復活が合言葉になるが、実際には激動の二十五年間に起きた社会的変化をなかったことにすることは不可能である。

ドイツがプロイセンの主導の下に、近代国民国家ドイツ帝国として統一されるにはまだ五十年以上の年月と多くの政治的事件が必要だが、ウィーン会議後のドイツ社会はもはや近世ではなく、近代へ足を踏み入れていた。

ゲーテの生涯はまるごと、こうした近世から近代への転形期（社会の形が完全に転ずる時期）の中に包み込まれている。また逆に彼の八十二年の生涯の中央にあたる四十歳から六十五歳にかけての時期は、転形期の変化が現実の諸事件となった激動と変転の四半世紀だった。

転形期にあってはいつも、世の中の秩序、約束事は、すべて一度、無と化す。そしてその真空と混沌のなかから、次の社会の秩序、新しい約束事が急激に立ち上がってくる。ゲーテはその生涯を通じて、そうした転形期の真空と混沌と変化をわが心と身体で誰よりも深く体験した。そしてそのことがゲーテの視野と思考を大きく深いものにした。ゲーテは近世の中に生まれ、近代の生成に立会い、そして最初の近代批判者になったのである。

中世から近世への転形期に生まれたファウスト伝説を基礎にして、『ファウスト第I部・第II部』の中に宇宙と歴史の全領域を描こうとしたゲーテの企ても、彼が近世から近代への転形期を生きたことを抜きにしては考えられない。

ゲーテの生涯――フランクフルトとヴァイマル

＊生地フランクフルト　ゲーテが生まれたフランクフルトは、既に中世末期からマイン河沿いに位置する重要な交易の中心地であり、近世には神聖ローマ帝国に直属するいわゆる帝国都市として、領邦国家と同等の格と自由を享受し、更に伝統的に皇帝の選挙と戴冠が行われる都市でもあった。ゲーテの母方の祖父はそのフランクフルトの最高位の官職であるシュルトハイス（市統領）の地位にあった人であり、ゲーテは古い伝統を誇る帝国自由都市の近世秩序に守られて、社会的にも物質的にも文化的にも特権的に恵まれた子供時代を送った。

＊青年時代　やがて青年になったゲーテは、古典学を学んで古代ギリシャ文化を研究することを夢みてもいたが、息子の出世を望む父親の意志に従って開明的な新興都市ライプチヒの大学で法律の勉強を始めた。しかし、さして身が入らぬうちに病気で生家に戻り、療養に日を送るうちに不可視の世界に心を引かれて、異端神学や錬金術などの自己流の研究に励むようになった。ほどなく病が癒えたあとは、素朴な自然に囲まれたシュトラースブルクの大学へ転じて勉強を再開し、博士号の取得には失敗したが、法律家開業資格は得て、二十二歳で生地フランクフルトに戻り、弁護士を開業した。

この間、上層階級出身の学生らしい気軽で無責任な恋や友人との楽しい旅行にも事欠かなかったが、そのかたわら才能と興の赴くままに、手紙の中や手元の草稿に大量の文学的習作を書き散らし始めていた。そして法律実習に行った小都市ヴェツラルでの失恋事件と、同地での知人イェルーゼレムの自殺を、それぞれ半ばの題材として書いた書簡体小説『若きヴェルテルの悩み』が、揺らぎ始めた旧秩序のなかで自由を求めて苦闘していた新世代の若者たちから圧倒的な支持を得て、二十五歳のゲーテは革新的な文学思潮「疾風怒濤派」の代表者と見なされるようになった。

＊カール・アウグスト　この若い人気作家に強く心を引かれたのが、小領邦国家ザクセン＝ヴァイマル＝アイゼナハ（ヴァイマル公国の正式名称）の青年君主カール・アウグストだった。父を早くに亡くしたカール・アウグストは、一七七五年に十八歳になり、それま

で摂政を務めていた母親から統治権を譲られて、自分の国と宮廷を自分の理想によって改革しようと意気込んでいた。ヴァイマル公国は当時、人口十万、その首都ヴァイマルの人口は六千の小国家だったが、カール・アウグストはそういう小国家こそが君主の善意が国民の一人一人に直接に届く、理想の政治形態だと信じていた。わざわざ機会を作って青年作家ゲーテと会ったカール・アウグストは、国家論を論じてこの八歳年上の作家と意気投合し、彼をヴァイマルへ招待する。それが二人の長い友情と、ゲーテの生涯にわたるヴァイマル定住の始まりになった。

＊政治と行政　一七七五年十一月、招待に応じてヴァイマルを訪れた時、ゲーテは君主の賓客としてせいぜい数ヵ月をそこで過ごすつもりだった。しかし二十六歳の賓客はすぐに十八歳の君主の政治上の相談相手、行政上の協力者となり、翌年の六月にはヴァイマル公国の最高統治機関である枢密顧問会議を構成する三人の大臣のひとりに任じられる。ヴァイマルはフランクフルトやライプチヒとは比べものにならない田舎町だったが、ゲーテは大都市の私的存在であるより、たとえ小さくとも一つの国の政治と行政、外交に全面的に関わる道を選んだ。

外来者ゲーテの大臣起用には、当然強い反対も起きた。しかしカール・アウグストの断固たる意志とゲーテの仕事への誠意と能力、そして彼の輝くような人間的魅力が反対者を屈伏させた。

＊ヴァイマルで　このあとゲーテは死に至るまで、ヴァイマルに定住する。一七八六年から八八年にかけてのイタリア滞在のあと、希望して大臣職からは退くが、引き続き君主のいちばん親しい友人かつ政治、行政上の相談相手として、小さなヴァイマルの宮廷で暮らし続ける。彼はそこで文学、演劇、芸術批評、自然研究など多様な活動を続け、世界と宇宙の有り様を観察し、一七八九年のフランス革命から一八一五年のウィーン会議に至るヨーロッパの激動期もそこで経験する。そしてそれらすべてを踏まえて『ヴィルヘルム・マイスターの修業時代』、『親和力』、『ヴィルヘルム・マイスターの遍歴時代』、自伝『詩と真実』、『ファウスト』などの多彩で豊かな作品群を書き、やがて一八三二年そこで八十二歳の死を迎えた。（詳しい伝記的事実については、巻末の年譜参照）

作品『ファウスト』の構成と第Ⅰ部・第Ⅱ部の特質

数十年にわたって断続的に書き続けられた『ファウスト』の構成はかなり複雑なので、まずおおよその見通しを次頁に示しておきたい。次の表は、作品構成の大要に訳者による若干の内容説明を加えたものである。

表　『ファウスト』の構成

（カギ括弧の部分は『ファウスト』からの引用、それ以外は作成者の説明）

三つのプロローグ

「献げる言葉」／「舞台での前狂言」／「天上の序曲」

「悲劇第Ⅰ部」

〈学者悲劇〉（354〜2604行）

〈グレートヒェン悲劇〉（2605〜4612行）

そのほかに、〈脇場面〉（筋の進行に直接は関係しない場面）若干

「市門の外」のうち902行まで／「ライプチヒはアウエルバハの地下酒場」のうち2157行まで／「魔女の厨」のうち2428行まで／「ヴァルプルギスの夜」／「ヴァルプルギスの夜の夢」

「悲劇第Ⅱ部」

「第一幕」

ファウストの眠り、過去の忘却と甦り／宮廷世界（中世末期ドイツ）／母たちの国（根元空間）／再び宮廷世界、ヘレナの幻像

「第二幕」

人造人間ホムンクルスの誕生／古典的ヴァルプルギスの夜（ギリシャ神話の異形のものたちの集い）／エーゲ海の入江
「第三幕」
ヘレナとファウストの出会い（古典ギリシャ世界・中世ゲルマン世界）／オイフォーリオンの誕生と死（アルカディア＝夢幻空間）／ヘレナの別離
「第四幕」
皇帝vs.僭帝（偽帝）の闘争（中世末期ドイツ）／論功行賞
「第五幕」
ファウストの頂点と没落（近世ドイツ）／メフィストーフェレスと天使たちの戦い／ファウストの救済（聖母マリアの〈仲介の空間〉）

表にある通り、『ファウスト』はプロローグと悲劇第I部、悲劇第II部の三つの部分から成り立っている。そして更に、プロローグは三つあり、第I部は（内容的に見て）前半の学者悲劇と後半のグレートヒェン悲劇に分けられ、第II部は五幕で構成されている。

以下内容を簡単に見て行く。

三つのプロローグのうち第一のプロローグは読者への献詩、第二のプロローグはファウスト劇の上演を巡っての座長、劇詩人、道化三人の陽気な遣り取りであり、本来のファウスト劇そのものは、第三のプロローグ「天上の序曲」から始まる。

次いで第I部前半の〈学者悲劇〉は、世界と宇宙のすべてを知り尽くしたいと願いながら人間の有限性故にそれができず、絶望から悪魔と契約を結ぶ学者ファウストの悲劇である。後半の〈グレートヒェン悲劇〉では、無垢な少女グレートヒェンが悪魔の助力で若返ったファウストに誘惑され、捨てられて、嬰児殺しを犯して処刑される。

しかし第I部には、そうした筋の進行には関わらないが、実に魅力的な場面がいくつもあることを見逃してはならない。表ではそれを〈脇場面〉として挙げておいた。〈学者悲劇〉と〈グレートヒェン悲劇〉では主人公の行動によって筋が、つまり時間が作り出されて行くのに対し、これらの賑やかな〈脇場面〉では筋の進行のまわりに、主人公とは直接に関わらない広い空間が拡がっている。

私たちの生きる現実の世界が、時間と空間の両者で構成されていることは言うまでもない。第I部の構成の中心は、世界の中を激しい勢いで駆け抜けて行く主人公ファウストが作りだす時間だが、作者の視線は同時に、その時間軸の周囲に拡がる広い空間へも向けられているのである。

そして第II部では、更に進んで空間性が構成の原理になる。第II部では表の内容説明にもあるように、宇宙に存在するさまざまな現実空間、非現実空間が時空の制約を越えて提示され、ファウストはその多様かつ広大な諸空間を巡り歩く。しかしそれらは、決してファウストの運動とともに生成してくる空間ではない。それらの空間は彼以前に既に存在している。あるいは、根源的無時間のうちに存在している。

ファウストは第II部第一幕冒頭で、深い眠りのもたらす忘却の力によって第I部での辛い記憶と自責の念から解放される。そしてそのあと第五幕の冒頭で老夫婦フィレモンとバウチスの燃え上がる小屋を目にするまで、彼は時間の力から特権的に離脱している。彼は時間の中での経験によって変化することなく、宇宙の諸空間を無時間的に闊歩する。第II部で作者が目指すのは、主人公ファウスト個人の経験と変化を描くことではもはやなく、ファウストの軌跡を辿りながら、宇宙空間の諸相を出来るだけ多彩に、出来るだけ包括的に描きだすことなのである。

別の言葉で言えば、『ファウスト』、特に第II部は、決して「ファウスト物語」ではない。ドイツ文学には主人公の精神的発展と人倫的理想への完成を描くことを目指す「教養小説」という小説ジャンルがあって、『ファウスト』もまたファウストを主人公とした教養小説的物語として理解されることが多いが、しかし『ファウスト』という作品の魅力と本質はまったく別の所にある。

『ファウスト』は第I部も含め、主人公の発展や人倫的理想の追求が主題なのではない。宇宙に遍在する生命の働きの諸相、人間の道徳や倫理をはるかに越えた大きな生命の豊かさを、第I部では時間の中に生きる個人の生において、第II部では個人を越えた広大にして多様な宇宙空間において、最大限まで描き尽くすこと――それが作品『ファウスト』の企てである。そしてそれを読む私たちは、宇宙における生命の働きの多彩さ、その魅惑に目をみはる。

成立史

ゲーテは二十代の前半から死の年までの、およそ六十年を『ファウスト』を完成するために必要としたが、実際にある程度集中的に書いていた時期としては、ほぼ四つの段階があった。(年譜参照)

第一の段階は二十代の前半であり、この時期の草稿の写しが死後五十年以上経ってから発見されて『原形ファウスト』(Urfaust)として知られるようになった。〈グレートヒェン悲劇〉の大部分と〈学者悲劇〉の発端が既に含まれている。

第二の段階は三十代後半。『ファウスト』を書き上げようと決心したゲーテは、イタリアで「魔女の厨《くりや》」「メフィストとの契約の場」他いくつかの場面を書くが、全体の完成には至らず、結局一七九〇年にそれまでに書かれた部分だけが『ファウスト断片』として作品集に収録された。

〈学者悲劇〉が完全に展開され、「ヴァルプルギスの夜」などの脇場面も書き足されて第I部が完成するのは、ゲーテの四十代終わりから五十代半ばにかけての第三の段階になる。

「悲劇第I部」と明記されて一八〇八年に出版され、第II部も含む全体のための三つのプロローグも既に書かれた。

しかし、第II部のための仕事が本格的に始まったのは、七十六歳の頃で、それとともに最後の第四の段階が始まる。まず第三幕（ヘレナ劇）を書き上げ、死の前々年の一八三〇年からその翌年に掛けて、死と競争するかのように、第一幕、第二幕、第五幕、第四幕がその順で次々と完成する。そして、死後の刊行のために完全な完成稿として封印された原稿は、翌年の一月に今一度開封され、何箇所か加筆されて、現在の形になった。その年の三月二十二日、八十二歳のゲーテは風邪をこじらせて死んだ。

翻訳について

翻訳に際しては、何よりも原文の信じられぬほど多彩な言語表現の魅惑を、たとえその何分の一でも日本語で伝えることに努めた。

全編を通じてほとんどが詩で書かれている『ファウスト』の場合、大きく括《くく》ってもおよそ三十七の詩形が駆使されていると言われている（フランクフルト版注解による）。その詩形の多彩さが偶然や恣意ではなく、その箇所箇所の内容の多彩さと深く結びついていることは、言うまでもない。そして、その多彩な表現と内容の結びつきから生まれるものを幾らかでも日本語で再現するためには、単語や一行毎の〈表面的な意味〉に囚われずに、その箇所箇所の〈深層的綜合的な意味〉を捉え、表現しようとすることが必要になる。

一般的に言って詩の〈意味〉とは、単に文章としての直接的な意味に止まるのではなく、音(リズム、韻、響き、勢い)、イメージ、更に言葉の連なりによる意味的リズム、イメージの連なりによる造形的リズム、更には言葉の背後に拡がる文化的連想などによって担われている。それらが結び合い、響き合って形成しているのが、〈深層的綜合的な意味〉である。たとえ個々の単語の意味と文法構造をいくら正確に訳しても、それにこだわることによって音の勢いが死んだり、冗長で読む人の心にイメージが湧かなかったりすれば、あるいはまた文化的連想を欠いたものとなれば、それは〈死んだ正確さ〉であって、肝心の〈深層的綜合的な意味〉は決して伝わらない。

このことは、本質的には詩に限らずあらゆる文学作品について言いうることだが、詩の翻訳の場合は特に重要になる。

もとより外国語の詩、特に『ファウスト』のような重層的な作品の場合、自在に変転して行く原文の〈深層的綜合的な意味〉のすべてを、日本語で正確に捉え、再現することは不可能である。しかし翻訳はその不可能に憧れる。私の訳がどの程度その憧憬を満たしているかは言うまでもなく読者の判断することだが、私としてはせめて原文の〈深層的綜合的な意味〉の五割、六割は伝えたいと願いながら訳した。

注について

翻訳の場合、固有名詞、歴史的事項、文化的背景などに関わる注なしには作品理解が難しいことがあるが、他方、作品を楽しんで読もうとする立場からすれば、注はしばしば煩わしい。本書では注の参照が読者にとって煩雑になるのを避けるために、次のような方法を取った。

比較的理解しやすいと思われる第I部では注は省き、必要な事柄はすべて本文の中へ訳し込んだ。

古典ギリシャの神話的世界をはじめ、多様な文化空間からの複雑な引用で構成されて行く第II部では、第I部と同じ処理は不可能なので、次のような方法によった。

1. 一応の理解に必要な最低限の事柄は本文に訳し込み、そのまま読んでもひと通りは判るようにする。

2. その上で、その事項に関わって作者が当時の読者に期待していただろう文化的背景の知識、連想などについては、ある程度詳細な注を巻末に付けた。

3. 注は右のような事項説明も含め、主として事実に関するものに限った。本文の理解、解釈に関してはできるだけ読者に委ね、原則として注釈は付けない。

固有名詞の片仮名表記について

第II部第二幕を中心に頻出するギリシャ・ローマ神話関連の固有名詞の片仮名表記は、大修館書店『ギリシア・ローマ神話事典』、呉茂一『ギリシア神話』(新潮文庫) などを参考に、なるべくドイツ語音ではなく (ギリシャ・ローマの) 原音に戻ることを心掛けた。『ファウスト』をいわゆる「ドイツ文学」の中に閉じ込めずに、ゲーテ流に言えば「世界文学」の多様な連関の中へ置きたいと思ったのである。

但し日本語のリズムのなかで不自然になることを避けるために、特に母音の長短に関しては、かなり自由に扱った。また、例えば「Helena ヘレナ (原音はヘレネー)」のように (自分のなかの) 慣用を変えるのに、心理的抵抗があって、そのままそれに従ったものもある。ドイツ語音の場合も、単純に発音辞典の表記に従ってはいない。総じて外国語音の仮名表記には当然限界があるが、私の無知からの思わぬ間違いも残っているかも知れない。ご教示頂ければ幸いである。

原文テキストその他

翻訳の際にはハンブルク版 (末尾一覧表の1) 原文を基本として、末尾一覧表の3、4の版を随時参照した。但し、読み易さのために場面名などを訳者が追加した箇所がある。

第II部テキストについては、フランクフルト版 (末尾一覧表の4) を全面的に参照し、その校訂により修正した箇所も多い。11831行と1183２行の間に入る、行数外となる「天使の歌」九行は、フランクフルト版による追加である。

原文理解の上では末尾一覧表各版の注解を参照したが、なかでもフランクフルト版の注解に助けられることが多かった。

第II部の注作成の際にも、大修館書店『ギリシア・ローマ神話事典』、呉茂一『ギリシア神話』(新潮文庫)と並んで、フランクフルト版の注解に大いに助けられた。

ドイツ語の理解に迷った場合はアトキンスによる英訳(末尾一覧表の5)を参照することが多かった。

日本語による先訳としては、森鷗外訳と手塚富雄訳を参照した。鷗外の『ファウスト』訳、特にその第II部は、世間で安易に称讃されるほどの名訳だとは、私はまったく思わないが、しかしそのドイツ語理解の正確さ、鋭さには、いつも感服させられる。

この解説ではなるべく作品と作家に関わる事実の説明に範囲を限り、第I部・第II部の時間性と空間性の問題を除いては、作品の解釈へ踏み込まなかった。また注でも、既に述べた通り注解に及ぶことをなるべく避けた。何よりもまず、『ファウスト』の躍動する言葉の魅惑を、読者に直接に楽しんでもらいたかったからである。作品解釈に関する訳者の考えに興味を持たれる人は、柴田翔『ゲーテ〈ファウスト〉を読む』(岩波書店一九八五年)、同『〈ファウスト第I部〉を読む』『〈ファウスト第II部〉を読む』(抜粋対訳と解説・白水社一九九七年・九八年)などを参照して頂ければ、幸いである。

ゲーテは道徳主義的誤解に包まれ、名のみ高くして、読まれることの少ない作家である。本訳書がきっかけとなり、一人でも多くの人が彼の作品の広大な視野と深い思考と多彩な生命の輝きに触れられんことを、訳者として願っている。

おわりに

一九七七年に講談社世界文学全集の一部として『ファウスト第I部』を訳して以来、それに続く第II部の訳は、自分の果たすべき仕事としていつも心にあったが、今回漸くそれを訳し終え、第I部の改訳とともに、『ファウスト第I部・第II部』全訳として完成することができた。その際、一九九〇年代半ばに出版されたフランクフルト版『ファウスト』の画期的とも言うべき原文、注釈を参照できたのは、訳者にとっての大きな幸運だった。だがこの完成も、第I部の翻訳刊行直後からの実に二十二年間、決して訳者を見放すことなく激励と督促を続けてくれた講談社文庫出版局次長渡辺勝夫氏の好意なしにはありえなかった。記して、心から感謝する。

またその間、東京大学大学院における何回かの『ファウスト』演習や前記三点の自著は、

第II部翻訳完成への長い階段を登り切るための、いわば踊り場となった。その折々に付き合って下さった方々にもお礼申し上げたい。

また今回、こうした美しい訳書の出版にあたっては、講談社文芸局文芸第一出版部副部長中島隆氏にたいへんお世話になった。記して感謝の意を表したい。

（一九九九年夏）

文芸文庫版へのあとがき

一九九九年に『ファウスト第I部・第II部』の翻訳がゲーテ生誕二五〇年記念として講談社から出版されたことは、長年この作品の魅惑に心を奪われてきた訳者にとって、たいへん嬉しい出来事だったが、更に今回、講談社文芸文庫発刊十五周年を記念して、その翻訳が文芸文庫版『ファウスト』上下という形で読者への新しい通路を持つことになった。これにより、さらに一人でも多くの人が『ファウスト第I部・第II部』の魅力を楽しんで下さることを心から願っている。

文庫化にあたっては、基本的には一冊本『ファウスト第I部・第II部』の訳文、解説、年譜をそのまま受け継ぎつつ、それぞれに若干の加筆訂正を行った。また、一冊本はその解説末尾に記したように、講談社の配慮とドイツの友人、知人の好意と助力に助けられて、ドイツの現代画家S・リシャール氏の美しい作品で飾ることができたが、今回その再録は、文庫版という性格からして、断念せざるを得なかった。また次頁に、一冊本では訳文中に挿入した詩「トゥーレの王」の楽譜を収録したが、そこでの「七生」の読みが訳文の振り仮名「しちしょう」ではなく「ひちしょう」となっているのは、歌の特性からの要請で転訛した音を選んだためである。

本訳書が文芸文庫発刊十五周年記念を期して出版されるについては、講談社文庫出版局次長・文芸文庫出版部長・林雄造氏のご配慮があった。また出版にあたっては、文芸文庫出版部副部長・長田道子氏にたいへんお世話になった。記して感謝する。

（二〇〇二年晩秋・柴田翔）

グレートヒェン、着物を脱ぎながら歌い始める。

「昔トゥーレに王ありき……」

たみに あたえ みまかりぬ

楽譜「トゥーレの王」(作曲・三宅榛名)(2759行以下)

『ファウスト』原文および注解・諸版一覧（本翻訳に使用したもののみ。付英訳版）

1. ハンブルク版ゲーテ全集第三巻
Goethes Werke. Hamburger Ausgabe in 14 Bänden.　Verlag C.H. Beck. München.
初版一九四九年。第二次大戦直後に出版されて以来、詳しい注解の付いた手頃な選集として長年その地位を確保してきた。当初はハンブルクの出版社から出ていた。

2. 記念版（アルテミス版）ゲーテ全集第五巻
Goethe. Gedenkausgabe der Werke, Briefe und Gespräche.　24 Bände nebst 2 Ergänzungsbänden.　Artemis-Verlag. Zürich.
右記ハンブルク版と殆ど同時にスイスから出て、久しく戦後最大のゲーテ全集として重んじられてきた。第五巻にはErnst Beutlerによる長文の注解が付され、ファウスト伝説が立ち上がってくるドイツ近世冒頭の知的精神的雰囲気が詳しく解明されている。

3. ベルリン版ゲーテ全集第八巻
Goethe. Berliner Ausgabe. 22 Bände.　Aufbau-Verlag. Berlin.
旧東ドイツの東ベルリンで出た注解付き全集。古典的教育を受けていない読者を想定して、旧来の全集選集では説明されていなかった事柄についても親切な注が付され、特に本文中の古典語、外国語にすべて独訳が付いているので、私のような読者にとってはたいへん便利である。

4. フランクフルト版ゲーテ全集第七巻
Goethe. Sämtliche Werke. 40 Bände. Frankfurter Ausgabe. Deutscher Klassiker Verlag. Frankfurt am Main.
いちばん最近のゲーテ全集。一九九四年に出た第七巻は、ゲーテの手稿へ戻って大胆に校訂し直したテキストと、千ページを優に越える綿密で詳細な注解の二冊で構成されている。いずれも Albrecht Schöne による。この版は今後当分の間、多少とも研究的に『ファウスト』を読むとき不可欠のものになるだろうと思われる。

5. (英訳)
Goethe: Faust I. & II. Translated by Stuart Atkins.
Goethe's collected Works, Volume 2. Suhrkamp Edition in 12 Volumes.

年譜——ヨーハン・ヴォルフガング・ゲーテ

＊印は、関連文学史事項
＊＊印は、関連歴史事項

一七四九年
八月二八日、ドイツのフランクフルト・アム・マインに生れる。当時のドイツは神聖ローマ帝国というゆるやかな枠組のなかに三百余の領邦国家が分立し、フランクフルトは帝国に直属する自由都市（領邦国家と同格、人口約三万）であった。父は北ドイツ系の職人の家系から出た富裕な資産家だが、出身階層の故に私人として不本意で閉鎖的な生涯を過ごした。それに対し母方テクスター家は南ドイツ系の法律家の家系で、祖父は市長を経て、市の最高官職である市統領（シュルトハイス）であった。ヴォルフガングは父三九歳、母一八歳の時の長子。彼は父方の財力と母方の名声に守られ、古い歴史を持つ近世都市で特権的な少年時代を送った。自伝『詩と真実』参照。妹コルネーリア（五〇年生れ）。他の弟妹は早世。
＊前年の四八年、クロプシュトック『メシーアス』冒頭三歌（擬古典主義文学からの訣別）。

一七五二年　三歳
秋から幼稚園（～五五年夏）。

一七五三年　四歳
クリスマスに父方の祖母より人形芝居一式を贈られ、夢中になる。演劇への情熱の始まり。

一七五五年　六歳
父方の祖母の死のあと、四月、生家の大改築始まる（〜翌年一月）。一一月、ポルトガル・リスボンの大地震の惨禍が幼いゲーテも含めて人々の心に衝撃を与え、安定した近世世界の終わりを予感させた。改築中、公共学校で読み書きを習い、一般の子供たちとの暴力的小競り合いを経験する。しかし本来の教育は父親の計画の下、当時の上流階級の慣習に従って主として家庭内で、家庭教師と父親自身によって行われた。中心はラテン語だが、その他、本人の好奇心にも応えるべくギリシャ語、フランス語、英語、イタリア語、図画、ピアノ、ダンス、馬術、剣術、幾何学、新約・旧約聖書、ヘブライ語、イーディシュ語、地理歴史など幅広い。また幼いときから父の数多い蔵書、絵画に接する機会に恵まれていた。
＊レッシング『ミス・サラ・サンプソン』（最初のドイツ市民劇）

一七五六年　七歳
この年に勃発した七年戦争は、旧体制を代表する老大国オーストリアに対する、フリードリヒ二世（大王）に率いられた新興プロイセンの挑戦であり、ゲーテ家においても旧秩序を擁護する母方の祖父と新時代を待望する父との間に激しい対立を呼び起こした。
＊＊七年戦争（〜六三年）。

一七五七年　八歳
一月、母方の祖父テクスター宛の新年の賀詩（現存する最初の詩）。**この頃、歳の市などで人形芝居『ファウスト博士』の上演を見たと推定される。また同様に、民衆本『ファウスト博士』も読んだと思われる。**

一七五九年　一〇歳
一月、オーストリアを支援するフランス軍がフランクフルト占領。ゲーテ家の大半、軍政長官トラン伯爵によって接収さる（〜六一年五月）。トラン伯爵は美術、演劇の愛好者で、少年は伯爵が設けた屋根裏のアトリエで多くのフランクフルト画家の創作現場を覗き、また祖父を経て入手した無料入場券で占領軍のためのフランス芝居を日々観劇した。

＊クロプシュトック「春の祝祭」、ハーマン『ソクラテス想起』（ともに生の全体性の復権）。レッシング『最新文学書簡』（〜六五年、反擬古典主義的文学論集）。

一七六三年　一四歳

二月、七年戦争終わり、フランス軍撤退。八月、七歳のモーツァルトの演奏会を聞く。

一七六四年　一五歳

四月、皇帝ヨーゼフ二世、伝統に従い、フランクフルトにて戴冠式。名門の少年ゲーテは華やかな祝宴を覗き見し、夜は灯火に輝く町を女友達グレートヒェンと腕を組んで歩き回る。

一七六五年　一六歳

九月、父の指示に従い、法律学を学ぶべくライプチヒへ向かう（〜六八年九月）。古い保守的なフランクフルトに対し、ライプチヒは当時人口約三万、啓蒙主義の影響下にある開明的な都市で、小パリと呼ばれ、好奇心に溢れた若者ゲーテは、そこで自由で多彩な学生生活を楽しんだ。詩、小芝居の習作。**アウエルバハの地下酒場で魔術師ファウストの壁画を見る。**

＊＊（英）ワット蒸気機関発明、産業革命の進行。

一七六八年　一九歳

病を得て九月、生地フランクフルトへ戻る。一時重態。翌年まで回復と再発を繰り返す（結核か、胃・十二指腸の潰瘍か？）。母の知人で敬虔主義者のズザンナ・フォン・クレッテンベルク（一七二三年生れ。『ヴィルヘルム・マイスターの修業時代』の「美しき魂」のモデル）に影響を受け、敬虔主義、異端神学、錬金術などへの活発な関心を示す。闊達奔放な書簡詩「フリデリーケ・エーザーさま御許へ」。**この前後に、民衆芝居『ファウスト博士』の上演を見たらしい。前世紀にイギリス旅芝居によってもたらされたマーロー作『ファウスト博士』の系譜を引くもの。**

一七七〇年　二一歳

四月、病癒え、法律学の勉強を完成させるべくシュトラースブルク（現フランス・ストラスブール）へ向かう（〜翌年八月）。シュトラースブルク大聖堂の中世ゴシック様式に感動し、郊外の自然に遊び、ゼーゼンハイムの村牧師の娘フリデリーケ・ブリオンとの素朴な恋を楽しむ。生命と自然と歴史の復権を主張する反合理主義的批評家ヘルダーと出会う。フリデリーケに宛てた数篇の書簡詩「ゼーゼンハイムの歌」では、素朴な言葉の中に自然と自我と恋の矛盾なき合一の喜びが輝き出て、ドイツ文学の新しい時代を告げた。**この頃ファウストが詩的形象として育ち始める。**

＊ヘルダー『言語起源論』

一七七一年　二二歳

八月、博士号取得に失敗、それに準ずる法律得業士（開業資格者）の資格を得、フリデリーケのもとを去ってフランクフルトへ戻り、弁護士を開業する。**一〇月、嬰児殺しの女、ズザンナ・マルガレータ・ブラントの裁判、死刑判決。翌年一月、ゲーテの住居近くの広場で公開処刑。『ファウスト』グレートヒェン・モチーフのモデル。**

一七七二年　二三歳

ダルムシュタットの「感傷派世代」グループと親しく交友。五月初め、帝国高等法院での法律実習のためヴェツラルに赴き（〜九月初め）、シャルロッテ・ブッフと知り合うが、彼女は既に婚約中でゲーテを退けた。帰路ラーン川沿いエーレンブライトシュタインに女流流行作家ゾフィー・ラ・ロシュとその娘マクセを訪ね、親しむ。マクセは翌々年フランクフルトの裕福な商人ブレンターノに嫁す。その子にロマン派詩人クレメンス・ブレンターノ、作家ベッティーナ・アルニム（一八〇七年の項参照）。

＊レッシング『エミーリア・ガロッティ』

一七七三年　二四歳

シェークスピアに範を取った自由奔放で力強い戯曲『鉄の手を持つゲッツ・フォン・ベルリヒンゲン』を自費出版し、一躍注目を集める。妹コルネーリア、兄の友人シュロッサーと結婚。**この前後に、『ファウスト』の様々な場面を書き始めていたらしい。**

一七七四年　二五歳

四月、ヴェッツラルでの失恋経験を半ばの題材として、青年たちの社会的閉塞状況と自己破壊を描いた書簡体小説『若きヴェルテルの悩み』を完成、秋刊行。若い世代の熱狂的支持を集め、「疾風怒濤派」を代表する人気作家となる。六～七月、反合理主義的思想家ラーヴァター、教育実践家バーセドウとライン旅行。他にも抒情詩人クロプシュトック、同世代のクリンガー、ヤコービ兄弟などと交友盛ん。この前後、諷刺劇「サチュロス」、詩「トゥーレの王」「プロメートイス」「旅人の嵐の歌」等々、生命力の漲る作品を書き続ける。

＊レンツ『家庭教師』（疾風怒濤派）

一七七五年　二六歳

四月、富裕な銀行家一族の娘リリー・シェーネマンと婚約。五～七月、第一回スイス旅行。九月、若きヴァイマル公カール・アウグストが旅行の途上新進作家ゲーテを訪ね、小領邦国家の道義的優位を説くユストゥス・メーザーの法哲学を巡って意気投合し、ゲーテをヴァイマルへ招待。秋、家族環境の違和からリリーとの婚約解消。一一月、ヴァイマル公賓客として、数ヵ月の予定でヴァイマルへ。一二月、『ファウスト第I部』の不完全草稿である『原形ファウスト』をヴァイマル宮廷で朗読。

＊＊アメリカ独立戦争始まる（〜八三年）。

一七七六年　二七歳

春、ヴァイマル定住を決意。六月、政府部内の反対にもかかわらず、ヴァイマル公の最も親しい側近として、国の最高機関である枢密顧問会議を構成する三人の大臣の一人に任じられ、以後、死に至るまでヴァイマルを定住の地とする。

領邦国家ザクセン＝ヴァイマル＝アイゼナハ（正式名称）は、当時人口約十万。首都ヴァイマルの人口約六千（うち六割は農民）。ゲーテはそこで社交、談話、狩猟、仮装行列、素人芝居など近世の宮廷生活に日々参加するとともに、それと表裏一体の形で進行する政治、行政、外交に携わった。

いわゆるヴァイマル初期（イタリア旅行までの約十一年間）、彼が携わった主な政治、行政、外交案件は次の通り。イルメナウ銀銅鉱山の再建。土地改良による農業振興。道路整備。軍隊削減と財務行政の近代化など財政再建策の推進。旧大国オーストリア対新興プロイセンの対立の間にあって中小領邦国家の自主性を確保するための君主同盟結成の試み等々。また実務の要請から、自然学の研究にも手を染めた。それらは一口に言って、啓蒙主義的良識の立場からする合理的国家経営の努力だったが、その殆どはゲーテの献身にもかかわらず現実の諸条件を乗り越えられずに挫折した。

この時期、個人的には七歳年上のシュタイン夫人との間に深い友情あるいは恋愛関係が結ばれ、彼女に宛てられた千通に近い書簡と数多くの秀れた詩が残った。「何故に　そなたは　運命よ」「月に寄せる（月の光は霧に輝いて／谷間を充たし）」等々。世間的な意味での作家活動は殆ど休止し、同世代の疾風怒濤派からも距離を取るが、作品の執筆は休むことなく続き、上記シュタイン夫人宛の他にも数々の秀れた詩、また『タウリスのイフィゲーニエ』散文初稿、『ヴィルヘルム・マイスターの修業時代』初稿である『ヴィルヘルム・マイスターの演劇的使命』などが書かれた。**但し『ファウスト』の仕事は中断。**

四月、詩「何故に　そなたは　運命よ」「ハンス・ザックスの詩的使命」。一〇月、ゲーテの推薦によりヘルダー、ヴァイマル宗務総監督として着任。

＊クリンガー『疾風怒濤』

＊＊アメリカ独立宣言。

一七七七年　二八歳

六月、妹コルネーリア死。冬、ハールツ山地を単独騎行。ブロッケン山登山。詩「冬のハールツの旅」。

一七七八年　二九歳

五月、ヴァイマル公に随伴し、バイエルン継承戦争（オーストリア対プロイセン）を控えて政治的軍事的に緊張するベルリンを訪ねる。

一七七九年　三〇歳

九月～翌年一月、ヴァイマル公に従い第二回スイス旅行（フランクフルト、シュトラースブルク経由）。両親、未婚のフリデリーケ、結婚したリリーと再会。ベルンでヴァイマル公国のための借入金交渉に成功。高地を徒歩で山行し、風景をスケッチし、ジュネーヴで機会を得て初めて女の完全な裸体を観察する。

一七八〇年　三一歳

九月、イルメナウ地方キッケルハーン山頂の狩猟小屋の板壁に詩「旅人の夜の歌」を記す（一八三一年の項参照）。

一七八一年　三二歳

一一月、市内フラウエンプランに住居を持つ（現ゲーテ記念館）。

＊シラー『群盗』、カント『純粋理性批判』。

一七八二年　三三歳

四月、貴族に列せられる。三～五月、外交上の用務で近隣の諸宮廷を歴訪（同様の訪問が八五年まで続く）。五月、父の死。

一七八四年　三五歳

二月、イルメナウで新坑道が開かれ、祝賀演説を行う。鉱山はのちに水没。

＊ヘルダー『人類史の哲学のための諸理念』（～九一年）

一七八五年　三六歳

懸案の中小君主同盟が、ゲーテの素志に反し、かねてよりのヴァイマル公の判断通り、プロイセン側と結ぶことで決着。六～七月、初めて保養地カールスバート（現チェコ領カルロヴィ・ヴァリ）に滞在。夏の保養地滞在は後年、習慣となる。秋、フランス宮廷のスキャンダル「首飾り事件」に現存秩序の根本的動揺を見て、衝撃を受ける（八七年、九一年の項参照）。

一七八六年　三七歳

六月、ゲッシェン書店と第一次著作集出版の交渉。七月、カールスバートへ。八月、同地で著作集のための『若きヴェルテルの悩み』改稿完成（現在の流布版）。九月三日、同地より全くの秘密裏にイタリアへ旅立つ（～八八年六月。自伝『イタリア紀行』参照）。二週間のヴェネチア滞在などを経て、一〇月二九日、ローマ到着、滞在。著作集のための旧作、**『ファウスト』を含む**未定稿推敲のかたわら、古典古代、ルネッサンスの美術研究に努める。

＊シラー『ドン・カルロス』

＊＊プロイセン・フリードリヒ二世死。

一七八七年　三八歳

一月、ローマで『タウリスのイフィゲーニエ』決定稿完成。二月、カーニヴァル体験。二月末、南へ旅立つ（～六月初め）。約一ヵ月ナポリに滞在、民衆と町と古代遺跡を観察し、活火山ヴェズヴィオに三度登攀。次いで初めての海路を経験しつつシチリアのパレルモへ向かい、約二週間滞在。植物園で繁茂する南国の植物に囲まれ「原植物」を幻視。また「首飾り事件」（八五年、九一年の項参照）への関与が疑われた大詐欺師カリョストロの実家を贋の口実をもうけ、偽名で訪ねる。約四週間を掛けてシチリア内陸部を横断したのち、メッシーナから海路、嵐で難破の危険にさらされつつナポリへ戻り、再滞在。六月六日、ローマに戻り、同地に半ば定住（～翌年四月末）。美術作品研究、絵画実技習得、『エグモント』執筆、小喜歌劇習作など。愛人ファウスティーネを通わしていたと推定される。

一七八八年　三九歳

二月、二度目のカーニヴァルを観察、「ローマのカーニヴァル」執筆。**『ファウスト』推敲進行。**四月二三日、ローマ出発、フィレンツェ、ミラノを経て、六月一八日、ヴァイマル帰着。文化学術関係およびイルメナウ鉱山事業を除く他の公務からは引退。だがヴァイマル公の側近として非公式に各種国務へ参与続く。七月、小市民層出身の二三歳の娘クリスティアーネ・ヴルピウスと同棲、シュタイン夫人との長年の友情終わる。『ローマ悲歌』（～九〇年）。

一七八九年　四〇歳

一二月、『ファウスト』を断片として著作集に収録することを決断。同じ月、長子アウグスト誕生。他の子どもたちはすべて夭折。

＊＊七月、フランス革命勃発（～九四年七月）。

一七九〇年　四一歳

三月、イタリア旅行中の太公妃（ヴァイマル公の母）アンナ・アマーリアを帰路に出迎えるためにヴェネチアへ赴き、滞在（～六月）。詩集『ヴェネチア短唱』。七月、プロイセンの対オーストリア陣営にあるカール・アウグストを慰問するために、シュレージエン（現ポーランド領シロンスク）地方へ赴く（～一〇月初め。カール・アウグストはプロイセン軍の将軍でもあった）。この年、第一次著作集完結（八七年～。ゲッシェン書店）。主要収録新作『エグモント』『タウリスのイフィゲーニエ』『タッソオ』『**ファウスト断片**』。

一七九一年　四二歳
夏、フランス宮廷スキャンダル「首飾り事件」と詐欺師カリョストロをモデルに革命批判劇『偉大なるコフタ』執筆、一二月、上演。
＊モーツァルト『魔笛』、シラー『三十年戦争史』（～九三年）。
＊＊八月、オーストリアとプロイセンのピルニッツ宣言（王侯たちの対仏恫喝）。

一七九二年　四三歳
三月、『偉大なるコフタ』刊行、各地の古い知人たちの失望と憤激を買う。八月、プロイセン軍の対仏陣営にあるヴァイマル公カール・アウグストを慰問するためにフランクフルト、マインツを経て、ロンウィ（仏領）の公の戦陣を訪れる。九月、ヴェルダン侵攻のあとヴァルミイの砲撃戦に遭遇、その後の敗走を軍と共にする。フランス軍に占領されたマインツ、フランクフルトを避け、トリーア、コーブレンツ、デュッセルドルフ、ミュンスター、カッセルなど北を大きく迂回し、ヤコービ兄弟、ガリティン侯爵夫人など知人たちと再会しながら、一二月、ヴァイマル帰着（自伝『フランス戦役』参照）。
＊＊四月、フランス議会、オーストリアに宣戦布告。七月、プロイセン参戦。第一次対仏同盟戦争。九月、ヴァルミイの砲撃戦以降、形勢逆転、フランス軍優勢へ。

一七九三年　四四歳
五月初め、反革命喜劇『市民将軍』上演。五月、マインツを包囲するプロイセン軍の陣営にヴァイマル公を訪問、奪還直後のマインツに入る。八月、フランクフルトを経てヴァイマル帰着（自伝『マインツ包囲』参照）。
＊＊（仏）ルイ一六世、マリー・アントワネット処刑。ジャコバン派独裁、恐怖政治。
一七九四年　四五歳
二月、ヴァイマル公、プロイセン軍務を退役。戦争は続くが、ゲーテの生活に一応の平安が戻る（～一八〇六年）。この頃よりしばしば大学所在地イェーナ（ヴァイマル領）に長期滞在。七月、シラーとの協力関係が深まる。
＊＊（仏）七月、テルミドールの反動、ロベスピエール派処刑、革命の進行停止。
一七九五年　四六歳
夏、数年振りにカールスバートで保養。「メルヘン」を含む『ドイツ避難者たちの談話』。
＊シラー『素朴文学と情感文学』
＊＊バーゼル和議（プロイセンの戦線離脱）。
一七九六年　四七歳
前年よりシラーと政治的諷刺短詩集『クセーニエン』共作。六月、『ヴィルヘルム・マイスターの修業時代』完成。
一七九七年　四八歳
六月、『ファウスト』の全面的再検討と新場面執筆。翌年五月まで仕事は断続的に進行。中断。七月、フランクフルトを経て三度スイスへ（～一一月）。多くの旧友、知人たちと再会。「コリントの花嫁」他のバラード（物語詩）。長編叙事詩『ヘルマンとドロテーア』。
＊ティーク『長靴を履いた猫』（ロマン主義的前衛的戯曲）
＊＊カンポ＝フォルミオ条約（オーストリア、フランスに屈伏）。
一七九八年　四九歳
『色彩論』の研究。『魔笛第II部』の試み。
＊シュレーゲル兄弟、ロマン派機関誌『アテネーウム』創刊（～一八〇〇年）。

一七九九年　五〇歳
七月、ティーク、ノヴァーリス、A・W・シュレーゲル、ゲーテ家に客となる。この頃から数年、ロマン派との接触盛ん。
*シラー『ヴァレンシュタイン』三部作完結。ヘルダリン『ヒューペリオン』、ノヴァーリス『ハインリヒ・フォン・オフターディンゲン』（いわゆる『青い花』、未完）。
**対仏戦争再開（第二次対仏同盟戦争）。（仏）ナポレオン権力掌握。

一八〇〇年　五一歳
四月、『ファウスト』の仕事再開。六月、旧友シュトルベルク伯カトリックへ信仰告白。ゲーテの深い失望。**九月、ヘレナ劇（のちの第II部第三幕）着手。**
*ノヴァーリス『夜の讃歌』

一八〇一年　五二歳
一月、顔面化膿性炎症、咽喉炎症で呼吸困難、重態。ウィーンで死亡説流れる。**二月〜四月、健康回復、集中的に『ファウスト』の仕事。**中断。
*ノヴァーリス死。
**同盟軍、フランスに敗北、ライン左岸を割譲。

一八〇二年　五三歳
この年以後、数年間、健康すぐれず（咽喉炎症）、精神的にも不安定。夏、ザクセンの保養地ラウホシュテットにゲーテ指導下のヴァイマル宮廷劇場が所有する新劇場が落成。ゲーテはこのあと数年、夏にラウホシュテットを訪ねる（〜〇五年）。

一八〇三年　五四歳
引き籠もり勝ちな生活と陰鬱な気分。三月、イタリア・ルネッサンスの奔放な金属工芸家の伝記『チェリーニ自伝』翻訳・注釈完成。『庶出の公女』第一部完成（第二部以降、執筆されず）。一二月、ヘルダー死。
*ジャン・パウル『巨人』。この前後ヘルダ

リン後期讃歌群。
＊＊帝国代表者主要決議（ライン左岸割譲の後始末／三百余の領邦国家を約四十に整理、再編）。
一八〇四年　五五歳
一月、病床。
＊＊（仏）ナポレオン自ら皇位に就く。
一八〇五年　五六歳
年頭より全身の痙攣性の痛み、腎臓結石疝痛で重態。五月、小康を得る。同月、シラー死。ゲーテの完全な回復は夏。七月、ロマン派絵画の「新カトリック的感傷性」への攻撃開始。コッタ書店と『ファウスト第Ⅰ部』を含む新著作集刊行を契約。
＊この頃よりヘルダリンの狂気、深まる。
＊＊オーストリアとプロイセン、対仏戦争再開（第三次対仏同盟）、敗北。
一八〇六年　五七歳
一月、快活な戯れ歌「空なり！　空の空なり！」。二月、三月、体調すぐれず。四月、『ファウスト第Ⅰ部』完成（戦争のため刊行は〇八年）。このあと、『ファウスト』関連の仕事は、一八二五年まで中断する。コッタ書店新著作集刊行開始（全十二巻、～〇八年。謝礼金一万ターラー、末尾「参考」参照）。七月、十一年振りにボヘミヤの保養地カールスバートに滞在。これ以後、夏の保養は殆ど毎年の習慣となる。
当時カールスバートを始めとするボヘミヤの山間の保養地は、ドイツ諸領邦、中欧東欧諸国、ロシアなどの宮廷人、上流階級の夏の社交場であり、ゲーテはそこで鉱泉水飲用などで健康回復に努め、また地質学の研究を進めると同時に、広い世界との多彩な交流と刺激を楽しんだ。
八月、ヴァイマル帰着。九月、対仏戦再開に伴いプロイセン軍の戦陣に復帰したヴァイマル公をイェーナ近郊に訪問、軍務に協力。一

○月一四日、プロイセン軍、イェーナで敗れ、フランス軍ヴァイマルへ侵入、ゲーテ家も襲われ、生命の危険。一○月一九日、十八年間同棲していたクリスティアーネと正式に結婚。

**八月、フランスの圧力により神聖ローマ帝国解体。プロイセン対仏戦争再開。一○月一四日、イェーナ近郊アウエルシュテットの戦いでプロイセン敗北。ドイツ全域が事実上ナポレオンの支配下に入る。

一八○七年　五八歳

四月、マクセ（一七七二年の項参照）の娘ベッティーナ・ブレンターノ（ロマン派詩人クレメンス・ブレンターノの妹。のちのアルニム夫人）来訪。（ベッティーナ・アルニム『ゲーテとある少女との往復書簡』一八三五年刊行）。六～八月、カールスバート滞在。

＊クライスト『アンフィートリュオン』

**プロイセン改革（国家体制の近代化）。

一八○八年　五九歳

五～九月、カールスバート及び周辺滞在。九月、母の死。九月末、エルフルトの諸侯会議に随行、ナポレオンによる謁見。

＊フィヒテ「ドイツ国民に告ぐ」（ナショナリズムの高揚）、クライスト『ペンテジレーア』。

一八○九年　六○歳

『親和力』刊行。自伝『詩と真実』の構想始まる。

一八一○年　六一歳

五～九月、カールスバート及びテープリッツ滞在。オーストリア皇妃マリア・ルドヴィカに献詩。『色彩論』完成。

一八一一年　六二歳

五月、中世美術史家ボワスレの最初の訪問。五～六月、カールスバート滞在。九月、ベッティーナ・アルニム来訪、妻クリスティアーネと衝突。ベッティーナのゲーテ家訪問を禁止。『詩と真実』第一部刊行。

一八一二年　六三歳
五〜九月、カールスバート及びテープリッツ滞在。ベートーヴェンと親しく交際。一二月、パリへ敗走するナポレオン、ヴァイマルを通過、人づてにゲーテへの挨拶を残す。冬、心身すぐれず。『詩と真実』第二部刊行。
＊＊ナポレオンのモスクワ遠征と敗退。
一八一三年　六四歳
四月半ば、近づく戦雲を避け、夏の保養地へ旅立つ。ドレースデンを経て、五〜八月、テープリッツ滞在。八月一九日、ヴァイマル帰着。九月、戦線ヴァイマルに迫る。一〇月、ライプチヒの戦い、対仏同盟軍勝利。敗走のフランス軍、ヴァイマルを通過。同盟国の貴顕ヴァイマルに入る。ロシア皇帝の謁見、プロイセン王子、メッテルニヒ伯などのゲーテ家訪問。一一月、カール・アウグスト、領内で対仏義勇軍を募るが、ゲーテは息子アウグストの応募を許さず。
＊＊二月、ドイツ解放戦争開始（〜一四年）。一二月、対仏同盟軍ライン渡河。
一八一四年　六五歳
六月、『独訳ハーフィズ詩集』（一四世紀ペルシャ詩人）を読み、『西東詩集』の最初の詩群が生れる。八月、平和回復に伴い『独訳ハーフィズ詩集』を手に生地フランクフルトを経てライン河畔の保養地ヴィースバーデンへの旅。九月まで同地に滞在、周辺のライン・マイン地方を旅行、知人ヴィレマーの若い同棲者マリアンネ（九月、正式結婚）を知る。帰路フランクフルト、ゲルバーミューレ（マイン河畔のヴィレマー家別荘）、ハイデルベルク（ボワスレの中世美術蒐集）を訪問。一〇月末、ヴァイマル帰着。旅行中、帰着後、『西東詩集』の詩が絶え間なく生まれる。冬、『西東詩集』のための中東研究。『詩と真実』第三部刊行。
＊ホフマン『黄金の壺』

＊＊四月、パリ陥落、ナポレオン退位。九月、ウィーン会議（～一五年六月）。

一八一五年　六六歳

二月、妻クリスティアーネ重病。五月、再度のライン・マイン旅行へ出発。旅中、『西東詩集』中の「ズライカの書」の最初の詩いくつか。六～九月、ヴィースバーデン及びその周辺滞在。特に八月以降、繰り返しゲルバーミューレを訪問、滞在。九月、ハイデルベルクでヴィレマー夫妻と再会、マリアンネとの最後の出会い。一〇月中旬、ヴァイマル帰着。この夏、マリアンネ・ヴィレマーをズライカに擬する「ズライカの書」の主要部分成立。コッタ書店より新著作集（全二十巻、～一九年。謝礼金一万六千ターラー、末尾「参考」参照）刊行始まる。ウィーン会議における戦後処理と領邦再編の結果、ヴァイマル公国は大公国に昇格。

＊アイヒェンドルフ『予感と現在』

＊＊九月、三十九の領邦国家によるドイツ連邦発足。欧州列強の神聖同盟成立（王侯貴族たちの復帰）。

一八一六年　六七歳

六月、妻クリスティアーネ死。七～八月、三度目のライン地方での保養計画を馬車の事故で断念、ヴァイマル近くのテンシュテットに滞在。『イタリア紀行』第一部刊行。

一八一七年　六八歳

四月、女優カロリーネ・ヤーゲマン（ヴァイマル公カール・アウグストの愛人）との軋轢《あつれき》で、宮廷劇場総監督を解任される。自分の生を振り返る詩「始源の言葉。オルペウスの秘詞」。『イタリア紀行』第二部刊行。自伝的覚書『年代記録』執筆開始（～二五年）。

＊＊ヴァルトブルクの祝祭（自由主義運動）。

一八一八年　六九歳

八～九月、カールスバート滞在。

一八一九年　七〇歳

九月、カールスバート滞在。一〇月、イェーナ大学監督官就任を回避。叡智と生命に華やぐ老年の書『西東詩集』刊行。

＊＊カールスバート決議（自由主義運動弾圧）。

一八二〇年　七一歳

五月、カールスバート及びマリーエンバート（現チェコ領マリアンスケ・ラズネ）滞在、六～一〇月、イェーナ長期滞在。

一八二一年　七二歳

五月、『ヴィルヘルム・マイスターの遍歴時代・第一部』刊行（のちに全面的に改編。一八二九年の項参照）。八～九月、マリーエンバート及びエーガー滞在。

＊＊ギリシャ独立戦争（～二九年）。

一八二二年　七三歳

六～八月、マリーエンバート及びエーガー滞在。自伝『フランス戦役』『マインツ包囲』刊行。自伝的覚書『年代記録』の仕事、本格化。

一八二三年　七四歳

二～三月、重態（心筋梗塞？）、死の虚報流れる。六月、エッカーマン、ゲーテの誘いによりヴァイマルに定住。エッカーマン『ゲーテとの談話』の記録始まる。七～九月、マリーエンバート、カールスバート及びエーガー滞在。ポーランドのピアニスト、シマノフスカの演奏に感動、詩「和解」。一九歳のウルリーケ・フォン・レーヴェッツォとの結婚の可能性を模索、母親は婉曲に拒絶。ヴァイマルへ戻る馬車の中で「マリーエンバートの悲歌」生まれる。夏の保養地行きはこれが最後となる。一〇月、シマノフスカ、ヴァイマルを訪ね、ゲーテのために繰り返しピアノ演奏。一一月初め、シマノフスカ出発。直後、病気再発、重症。

一八二四年　七五歳

三月、『若きヴェルテルの悩み』五十周年記念版のために詩「ヴェルテルに寄す」。「和解」「マリーエンバートの悲歌」とともに「情熱の三部作」として、まとめられる。**四月、ギリシャ独立戦争でイギリス詩人バイロン戦死。『ファウスト第II部』第三幕「ヘレナ劇」にその姿残る。**一〇月、ハイネ来訪。コッタ書店決定版ゲーテ全集のための準備、始まる。

＊ベートーヴェン『交響曲第九番』

一八二五年　七六歳

二月以来、『ファウスト第II部』執筆再開。このあと、一八三一年まで、度々の中断をはさみつつも、執筆続行。六月、『遍歴時代』改稿進む。自伝的覚書『年代記録』完成（対象年代、一七四九〜一八二二年）。

＊＊（英）スティーブンソン蒸気機関車実用化。

一八二六年　七七歳

この頃より難聴、物忘れの兆候。六月、『ヘ**レナ』（『ファウスト第II部』第三幕）完成。一一月、『ファウスト第I部』を題材にしたE・ドラクロワの石版画を見る。**

一八二七年　七八歳

一月、シュタイン夫人死。三月、コッタ書店より決定版ゲーテ全集刊行開始（全四十巻、〜三〇年。謝礼金六万ターラー、末尾「参考」参照。死後、全六十巻に拡大、〜四二年）。**四月、『ヘレナ。古典的＝ロマン的幻影劇。〈ファウスト〉への幕間狂言』が全集第四巻として刊行される。**五月、伸びやかな連作詩「シナ・ドイツ四季日暦」。

＊ハイネ抒情詩集『歌の本』

一八二八年　七九歳

三月、仏訳『ファウスト第I部』（E・ドラクロワの石版挿絵付き）贈呈される。六月、ヴァイマル大公カール・アウグスト、ベルリンからの帰途、旅に客死。七〜九月、ザール河畔ドルンブルクの城館へ閉じこもる。九月、

「ドルンブルクの詩」。一二月、『シラー・ゲーテ往復書簡』刊行。この頃より不眠、慢性的疲労など老衰の兆候。眼に角膜周辺白濁症状。

一八二九年　八〇歳

『ヴィルヘルム・マイスターの遍歴時代』決定稿、全三巻として刊行（一八二一年の項参照）。『イタリア紀行』第三部刊行。**一二月、ジェラール・ド・ネルヴァルによる仏訳『ファウスト第I部』を贈られる。**

一八三〇年　八一歳

一一月、息子アウグスト、ローマに客死（一〇月）の報、届く。その月末、喀血を繰り返し重態。

＊＊この前後より産業革命ドイツに広がる。フランス七月革命。自由主義的政治運動ドイツ各地へ波及。

一八三一年　八二歳

一月、遺書作成。**八月、『ファウスト第II部』完成、封印。**同月末、誕生日を過ごすべく最後のイルメナウ行き。キッケルハーン山頂の狩猟小屋で五十年前板壁に書きつけた詩「旅人の夜の歌」（すべて山々の頂きに憩いあり）と再会（一七八〇年の項参照）。『詩と真実』第四部完成。流感、リューマチ、下肢潰瘍などに悩む。

＊ハイネ、パリへ移住。

一八三二年

一月、『ファウスト第II部』の封印を解き、加筆。二月、イギリスに鉄道開通の報を聞く。三月半ば馬車による散策の折り風邪を引き、肺炎に移行し、心筋梗塞を誘発、激しい苦痛の後、三月二二日、遠のく意識の中で痛みも死の不安も和らぎ、付き添う人々も気づかぬうちに穏やかに自宅で死。

＊ベルネ『パリ便り』（〜三四年）

＊＊五月、急進自由主義者のハンバハ集会。

〔死後〕

一八三三年、『ファウスト第II部』、『詩と真実』第四部出版。

＊三五年、ビューヒナー『ダントンの死』。

三六年、ハイネ『ロマン派』。

＊＊三四年一月、ドイツ関税同盟発足（ドイツ統一へ）。三〇年代後半、各地で鉄道の敷設（産業革命の進行）。七一年、プロイセン主導下にドイツ統一。

参考　一八二〇年現在、ゲーテの宮廷からの年俸は三一〇〇ターラー（宮廷の最高年俸）で、実業家ベルトゥフの所得六〇〇〇ターラーを除くとヴァイマル大公国の最高額。他に二、三の例を示せばギムナジウム教授七〇〇ターラー、中級役人・宮廷侍僕四〇〇ターラー、単純労働者一五〇ターラー程度。貨幣価値算定は難しいが、一九世紀初め頃シラーは、独身男子の生活費として年四〇〇ターラー必要だとしている。（BrufordおよびEberhardtによる）

本年譜は、基本的データに関してはF. Götting, Chronik von Goethes Leben (in: dtv. Goethe. Gesamtausgabe. Bd. 45. 1963)に拠りつつ、各種資料によって作成した講談社文芸文庫・ゲーテ『親和力』（柴田翔訳）の年譜（一九九七年）に、更に『ファウスト』関連の事項を追加し、かつ細部の加筆訂正を行ったものである。（一九九九年）

今回、文芸文庫『ファウスト』に収録するにあたり、更に若干の加筆訂正を行った。（二〇〇二年）

（作成・柴田翔）

本書は、講談社刊『ファウスト』(一九九九年)を底本とした。底本は一巻本であるが、本書にはその内の第I部、解説、年譜を収録し、訳者がそれぞれに加筆訂正を加えた。

また振りがなを、適宜加えた。

ファウスト(上)

ゲーテ 柴田《しばた》翔《しょう》 訳

二〇〇三年一月一〇日第一刷発行
二〇二一年七月二六日第六刷発行

発行者——鈴木章一
発行所——株式会社 講談社
東京都文京区音羽2・12・21 〒112-8001
電話 編集(03)5395・3513
販売(03)5395・5817
業務(03)5395・3615

デザイン——菊地信義
製版——豊国印刷株式会社
印刷——豊国印刷株式会社
製本——株式会社国宝社

定価はカバーに表示してあります。

講談社文芸文庫

ISBN4-06-198320-2

講談社文芸文庫

水原秋櫻子-高濱虚子 並に周囲の作者達　秋尾 敏――解／編集部――年
道簱泰三編-昭和期デカダン短篇集　道簱泰三――解
宮本徳蔵――力士漂泊 相撲のアルケオロジー　坪内祐三――解／著者――年
三好達治――測量船　北川 透――人／安藤靖彦――年
三好達治――萩原朔太郎　杉本秀太郎-解／安藤靖彦――年
三好達治――諷詠十二月　高橋順子――解／安藤靖彦――年
村山槐多――槐多の歌へる 村山槐多詩文集 酒井忠康編　酒井忠康――解／酒井忠康――年
室生犀星――蜜のあわれ｜われはうたえどもやぶれかぶれ　久保忠夫――解／本多 浩――案
室生犀星――加賀金沢｜故郷を辞す　星野晃一――人／星野晃一――年
室生犀星――あにいもうと｜詩人の別れ　中沢けい――解／三木サニア-案
室生犀星――深夜の人｜結婚者の手記　髙瀨真理子-解／星野晃一――年
室生犀星――かげろうの日記遺文　佐々木幹郎-解／星野晃一――解
室生犀星――我が愛する詩人の伝記　鹿島 茂――解／星野晃一――年
森 敦――われ逝くもののごとく　川村二郎――解／富岡幸一郎-案
森 敦――意味の変容｜マンダラ紀行　森 富子――解／森 富子――年
森 孝一編――文士と骨董 やきもの随筆　森 孝一――解
森 茉莉――父の帽子　小島千加子-人／小島千加子-年
森 茉莉――贅沢貧乏　小島千加子-人／小島千加子-年
森 茉莉――薔薇くい姫｜枯葉の寝床　小島千加子-解／小島千加子-年
安岡章太郎-走れトマホーク　佐伯彰一――解／鳥居邦朗――案
安岡章太郎-ガラスの靴｜悪い仲間　加藤典洋――解／勝又 浩――案
安岡章太郎-幕が下りてから　秋山 駿――解／紅野敏郎――案
安岡章太郎-流離譚 上・下　勝又 浩――解／鳥居邦朗――年
安岡章太郎-果てもない道中記 上・下　千本健一郎-解／鳥居邦朗――年
安岡章太郎-犬をえらばば　小高 賢――解／鳥居邦朗――年
安岡章太郎-[ワイド版]月は東に　日野啓三――解／栗坪良樹――案
安岡章太郎-僕の昭和史　加藤典洋――解／鳥居邦朗――年
安原喜弘――中原中也の手紙　秋山 駿――解／安原喜秀――年
矢田津世子-[ワイド版]神楽坂｜茶粥の記 矢田津世子作品集　川村 湊――解／高橋秀晴――年
柳 宗悦――木喰上人　岡本勝人――解／水尾比呂志他-年
山川方夫――[ワイド版]愛のごとく　坂上 弘――解／坂上 弘――年
山川方夫――春の華客｜旅恋い 山川方夫名作選　川本三郎――解／坂上 弘-案・年
山城むつみ-文学のプログラム　著者――年
山城むつみ-ドストエフスキー　著者――年

▶解=解説　案=作家案内　人=人と作品　年=年譜を示す。　2021年7月現在

山之口貘 ―山之口貘詩文集	荒川洋治―解／松下博文―年
湯川秀樹 ―湯川秀樹歌文集 細川光洋選	細川光洋―解
横光利一―上海	菅野昭正―解／保昌正夫―案
横光利一―旅愁 上・下	樋口 覚―解／保昌正夫―年
横光利一―欧洲紀行	大久保喬樹-解／保昌正夫―年
吉田健一―金沢｜酒宴	四方田犬彦-解／近藤信行―案
吉田健一―絵空ごと｜百鬼の会	高橋英夫―解／勝又 浩―案
吉田健一―英語と英国と英国人	柳瀬尚紀―人／藤本寿彦―年
吉田健一―英国の文学の横道	金井美恵子-人／藤本寿彦―年
吉田健一―思い出すままに	粟津則雄―人／藤本寿彦―年
吉田健一―本当のような話	中村 稔―解／鈴村和成―案
吉田健一―東西文学論｜日本の現代文学	島内裕子―人／藤本寿彦―年
吉田健一―文学人生案内	高橋英夫―人／藤本寿彦―年
吉田健一―時間	高橋英夫―解／藤本寿彦―年
吉田健一―旅の時間	清水 徹―解／藤本寿彦―年
吉田健一―ロンドンの味 吉田健一未収録エッセイ 島内裕子編	島内裕子―解／藤本寿彦―年
吉田健一―吉田健一対談集成	長谷川郁夫-解／藤本寿彦―年
吉田健一―文学概論	清水 徹―解／藤本寿彦―年
吉田健一―文学の楽しみ	長谷川郁夫-解／藤本寿彦―年
吉田健一―交遊録	池内 紀―解／藤本寿彦―年
吉田健一―おたのしみ弁当 吉田健一未収録エッセイ 島内裕子編	島内裕子―解／藤本寿彦―年
吉田健一―英国の青年 吉田健一未収録エッセイ 島内裕子編	島内裕子―解／藤本寿彦―年
吉田健一―[ワイド版]絵空ごと｜百鬼の会	高橋英夫―解／勝又 浩―案
吉田健一―昔話	島内裕子―解／藤本寿彦―年
吉田健一訳-ラフォルグ抄	森 茂太郎―解
吉田知子―お供え	荒川洋治―解／津久井 隆―年
吉田秀和―ソロモンの歌｜一本の木	大久保喬樹-解
吉田 満―戦艦大和ノ最期	鶴見俊輔―解／古山高麗雄-案
吉田 満―[ワイド版]戦艦大和ノ最期	鶴見俊輔―解／古山高麗雄-案
吉村 昭―月夜の記憶	秋山 駿―解／木村暢男―年
吉本隆明―西行論	月村敏行―解／佐藤泰正―案
吉本隆明―マチウ書試論｜転向論	月村敏行―解／梶木 剛―案
吉本隆明―吉本隆明初期詩集	著者―解／川上春雄―案
吉本隆明―マス・イメージ論	鹿島 茂―解／高橋忠義―年